La HUELLA del DRAGÓN

La HUELLA del DRAGÓN

SARAH PRINEAS

Título original: *Dragonfell*

Editado por HarperCollins Ibérica, S.A., 2020
Núñez de Balboa, 56
28001 Madrid
harpercollinsiberica.com

© del texto: Sarah Prineas, 2019
© de la traducción: Jofre Homedes Beutnagel, 2020
© de esta edición: HarperCollins Children's Books, a division of HarperCollins
© 2020, HarperCollins Ibérica, S. A.

Diseño de cubierta: Calderón Studio
Maquetación: Safekat, S. L.
Depósito legal: M-6281-2020
ISBN: 978-84-17222-87-1

Para mi madre, la poderosa Anne Bing, con amor

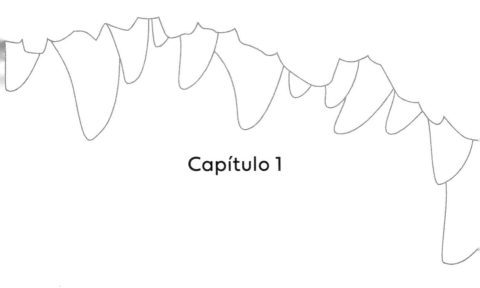

Capítulo 1

Si me asomo a la montaña que domina mi pueblo, justo al borde, con un viento intenso y frío, y me inclino un poco, solo un poco…

Y otro poquito más, como apoyado en el viento…

Es como volar.

Un resbalón y estoy a punto de volar de verdad. Quiero decir que casi me caigo. Me tambaleo un segundo en el borde y agito los brazos para recobrar el equilibrio. Por los pelos. Lo que está claro es que habría sido larga, la caída, hasta chocar con el suelo.

Es un día luminoso, despejado, con nubes que corren por el cielo sobre el último verde al que se aferran los pastos antes del invierno. Me atraviesa un viento gélido, pero no tengo frío.

Nunca lo tengo.

Lo que tengo es muy buena visión de lejos, y desde aquí, en lo alto de Peña Dragón, reconozco mi aldea, apenas unas casas pegadas a la ladera, con humo saliendo de las chimeneas.

Y por encima de todo fluye dulce, dorada como miel, la luz de la mañana.

Las nubes se desplazan a gran velocidad, proyectando sobre la aldea sombras que dejan paso al sol. Acompañado por ráfagas de viento por unos instantes, me dan ganas de saltar y perseguirlas.

Dicen que hace mucho tiempo, aquí arriba, en las montañas, tenía su guarida un dragón. Me aparto del borde de la roca, me acuclillo y hurgo en el suelo de tierra compacta hasta sacar un trozo de taza, del tamaño del dedo gordo de mi pie. Lo humedezco con un poco de saliva y lo limpio con el dedo. Al exponerlo al sol, veo pintada una pequeña flor azul que parece una estrella. Me levanto y me lo guardo en el bolsillo. Toda la cima está llena de trozos así. El dragón que vivía aquí arriba atesoraba tazas de porcelana fina, azucareras, teteras y jarritas de leche, todas con flores azules. Lo único que queda del dragón son estos trozos, aparte de unos cuantos huesos roídos de oveja.

¿Qué sentía el dragón viviendo aquí arriba con su alijo de tazas, rodeado de viento y frío? Quizá hiciese lo mismo que yo ahora, contemplar las montañas y la aldea.

Ayer me dijo Tam, el hijo del panadero, que su padre le ha prohibido hablar conmigo; le ha dicho que no sea descortés, pero que guarde las distancias.

Duele pensar que mi amigo ya no será mi amigo. Lo que dijo el padre de Tam se debe a que tengo el pelo rojo como el fuego, imposible de peinar, y los ojos muy negros, y a que paso demasiado tiempo aquí arriba, en Peña Dragón. Una vez Tam me reconoció que no entendía que pudiera ver algo con mis ojos, tan llenos de sombras; dice que tengo la cara angulosa y demasiado feroz, pero habiendo vivido desde siempre aquí, lo lógico sería que la gente ya se hubiera acostumbrado...

Últimamente me miran con un punto de desconfianza, como si lo que me distingue también me volviera peligroso, o malo. A mi padre le preocupa, y esto me pone aún más nervioso, hasta que no me queda más remedio que salir a pasear entre las cumbres, rodeado por el viento, y hablar con un dragón que ya no existe. Cuando vuelvo a casa ya ha oscurecido, y me siento medio asilvestrado, con un hambre de lobo.

Desde aquí arriba, fijándome en donde termina la aldea, veo nuestra casa, donde trabaja papá en su telar, tejiendo buen paño. Más abajo, el camino lleva al valle y a la ciudad de Skarth, que es una sombra en el horizonte, una mancha de humo.

Algo se mueve en el camino.

Parpadeo, y al enfocar la vista creo distinguir a un hombre y una mujer que suben hacia la aldea. Dos desconocidos. A nuestro pueblo casi nunca llegan extraños. Y no me gusta su aspecto.

Me bajo de la cresta rocosa y tomo el camino muy trillado que desciende haciendo curvas desde Peña Dragón a través de los prados donde pacen las ovejas, el riachuelo que bordea el pueblo y el camino empinado que lo cruza. Cuando llego a nuestra casa, estoy corriendo. Es una casa de viejas piedras encaladas, como todas las de la aldea, con el techo de paja y un muro de piedra que delimita el corral, donde hay un cobertizo bajo para nuestras cabras y gallinas.

Llego a la puerta, jadeando, y veo en la entrada de la casa a mi padre hablando con los dos desconocidos. Apoya todo el peso de su cuerpo en la muleta. Es un hombre alto y fuerte, pero hace mucho tiempo se quemó una pierna en un incendio, y le cuesta un poco moverse.

La persona con quien habla es un hombre normal. Lleva un sombrero redondo y tiene un bigote negro muy poblado, además de unos brazos tan largos que casi le llegan a las rodillas. La mujer, en cambio..., nunca había visto a nadie así. Tiene el pelo gris, muy corto. Es más alta que mi padre, lo cual no es poco decir. Lleva ropa resistente, botas con punteras de hierro y unas gafas de cristales ahumados que le ocultan los ojos. Pero lo más raro son los alfileres que forman varias filas en las solapas de su abrigo. De las mangas le cuelgan imperdibles de todos los tamaños. Tiene clavada en cada oreja toda una hilera de alfileres, dos en la ceja izquierda y uno pequeño de latón en la aleta de la nariz.

Mientras me acerco, el hombre le dice algo a papá, que se apoya en el quicio de la puerta como si se preparase para un golpe. Estos desconocidos cargados de alfileres, con sus punteras de hierro y sus largos brazos, son un peligro al cual no puede hacer frente él solo.

Yo sí. Yo sí que puedo.

Me pongo de puntillas delante de la verja, rebosante de energía, como si en vez de músculos y huesos estuviera hecho de chispas que a duras penas logro contener. Al mirar a los desconocidos tengo la impresión de verlos al final de un largo tubo. Parecen muy pequeños, como si de un único brinco pudiera tenerlos a mis pies, chillando de miedo. Al mismo tiempo siento algo en el pecho, justo al lado del corazón. Hasta ahora solo lo había notado dos veces. Es como un extraño clic, como cuando frotas la yesca con el pedernal y salta una llamita. Hace que me sienta tembloroso y hueco, pero también valiente. Justo cuando se aviva la llama en mi interior, abro la verja y entro en el corral.

—Sería una lástima —le está diciendo a papá la mujer de los alfileres— que se te quemase, un telar de tan buena calidad.

Papá frunce el ceño. Si algo no le gusta es el fuego.

—Pero claro, con eso en el pueblo… —añade ella con voz ronca, encogiéndose de hombros—. Explícaselo, Stubb.

El de los brazos largos se acaricia el bigote.

—Te voy a decir a qué equivale, tejedor: a problemas, y a fuego.

Mi padre abre la boca para responder algo, pero justo entonces me ve en la entrada del corral y se endereza.

—Entra, Rafi —me ordena.

Lo dice para protegerme.

—No, papá.

No estoy dispuesto a que se quede solo, hablando de fuego con estas dos personas.

Los desconocidos se giran.

Al verme, Stubb da un codazo en las costillas a su acompañante y habla por un lado de la boca:

—Mira, Gringolet. ¿No es…?

—Cállate —replica la mujer, que se acerca y me escruta por encima de las gafas.

Tiene los ojos fríos, de un gris ceniza, como las hogueras apagadas. Se los vuelve a ocultar con las gafas ahumadas y se gira hacia papá.

—No será tu hijo, Tejedor…

En la cara de papá no se mueve ni un músculo.

—Pues sí.

—Qué niño tan raro —dice ella lentamente. Vuelvo a sentirme examinado por sus ojos de ceniza—. Tiene… chispa el chico, ¿no?

—Es el que decía el señor Flitch que… —empieza a decir Stubb, pero Gringolet lo interrumpe.

—Cállate.

No veo que ella se mueva, pero Stubb se encoge un poco y cierra la boca bruscamente. Me ha parecido observar entre los dedos de Gringolet un alfiler muy largo, que desaparece dentro de su manga. Levanta la mano para tocarse uno de los que le cuelgan de los lóbulos de las orejas.

—Problemas —dice, girándose otra vez hacia papá—. Lo que le espera a este pueblo son problemas.

—La cosa está que arde —interviene Stubb.

No cabe duda de que es una amenaza, que me provoca un hormigueo en las yemas de los dedos y un oscurecimiento en los límites de mi campo visual. A mi padre no lo amenaza nadie. Nadie.

—Para hablar de quemarle el telar a mi padre, mejor se marchan —les digo.

Stubb se ríe despectivamente, con una especie de ladrido.

—Nosotros telares no quemamos, chaval. Tampoco amenazamos. Avisamos.

—Pues sonaba a amenaza —respondo con vehemencia, sintiendo que mi chispa se convierte en llama.

Papá abre mucho los ojos.

—Oh, no —susurra.

Los desconocidos empiezan a gritar.

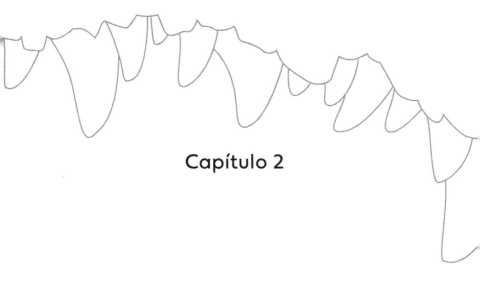

Capítulo 2

—¿Pero qué les has hecho, Rafi? —me pregunta Tam del Panadero.

Observo de reojo a mi padre, quien sacude la cabeza, aunque no me mira.

—Ha ocurrido demasiado rápido —contesto. Aún noto en las yemas de las manos y los pies un chisporroteo que me intranquiliza. Intento calmarme respirando—. No sé qué he hecho.

—Que lo explique —ordena Shar Cuestarriba, subiéndose a un bloque de piedra para ver a todos los aldeanos que se han reunido en su corral.

Menuda, delgada y llena de arrugas, la anciana Shar tiene un rebaño de cincuenta ovejas que dan la lana más suave del mundo. Vive en medio de la aldea, y siempre que discuten dos personas por algo o hay que tomar alguna decisión, la gente acude a ella.

—Yo lo que he visto es esto —dice Lah Buenhilo, que es quien vive más cerca de nosotros. Conocida por la calidad y resistencia de la cuerda que hila y por los moños y trenzas complicados con los que se adorna el pelo rubio, también tiene fama de metomentodo—. Estaba saliendo a dar de comer a mis gallinas cuando he visto a dos desconocidos en la puerta de Jos Cabelagua. —Gira la cabeza para que se refleje el sol en su pelo dorado, disfrutando de haberse convertido en el centro de atención—. Han llamado, ha salido Jos y me ha parecido que hablaban. Luego…

Hace una pausa y mira a su alrededor para asegurarse de que la escuchen todos.

—¿Luego qué, Lah? —pregunta John Herrero con su sonora voz.

Todos se inclinan, impacientes por oír la respuesta.

—Luego ha pasado una nube por delante del sol, y se ha oscurecido todo. Rafi ha entrado corriendo en el corral, rodeado de sombras y de chispas, y ha acometido con fuego a los visitantes.

—¿Acometido? —Casi me dan ganas de reír, aunque no tenga gracia—. ¡Para nada! ¡No ha sido así!

—¡Solo explico lo que he visto! —protesta nuestra vecina Lah.

—Sigue —ordena la vieja Shar.

—Y entonceees… —continúa Lah lentamente, captando de nuevo la atención general—. ¡Entonces he notado una ráfaga de viento muy caliente y he visto incendiarse la casa de Jos Cabelagua! Después, mientras los visitantes huían gritando, he visto que Rafi… —Me señala—. Lo he visto levantar los brazos y arrancar la paja que estaba quemándose.

—Yo una vez también lo vi —tercia inesperadamente Tam del Panadero, poniéndose rojo al sentirse observado—.

Hace poco, pasando al lado de la casa de Jos —se apresura a añadir—. Al mirar por la puerta, vi que Rafi metía las manos en el fuego y tocaba las brasas. No se lo comenté a nadie porque creía que me habían engañado mis ojos.

—¿No se quemó los dedos? —pregunta Shar.

Tam se encoge de hombros, mirándome con cierto aire de disculpa.

—Me pareció que no. Por eso pensé que había visto mal.

—Rafi, enseña las manos —ordena Shar.

Las levanto. Los aldeanos se acercan para verlas bien. Tengo los puños de la camisa negros, chamuscados por el fuego, y los dedos manchados de humo, pero en las manos no hay ninguna cicatriz o quemadura.

—Yo trabajo todo el día en la fragua, y sé perfectamente lo que hacen las llamas —dice John, el herrero, enseñando unas manos de piel oscura, llena de cicatrices. Señala las mías—. Esto no es normal.

Al ver que lo miro se sobresalta, como si acabara de tocar un metal al rojo vivo.

—Lo único que he hecho —aclaro— ha sido apagar un incendio que nos habría dejado sin casa.

—¿Y la otra vez? —dice Jemmy, mirando al resto de los aldeanos—. ¿Os acordáis?

Todos asienten.

«La otra vez» fue hace dos años, a principios de la primavera. Estuvo lloviendo diez días sin parar, hasta que al final ya caían cataratas de agua helada por las faldas de las montañas. Durante un temporal de aguanieve desaparecieron una oveja y sus dos corderos gemelos. Media aldea salió en su busca, pero quien los encontró fui yo.

Lo que les pasa a las ovejas es que son tontas. La madre se había llevado a sus dos crías recién nacidas a una pequeña cueva, en una ladera, y la cortina de agua que empezó a caer no les dejaba salir. Cuando los encontré, a los corderos les llegaba el agua gélida hasta la barriga. No habrían tardado en congelarse, y su madre igual. Entré en la cueva y en ese momento noté que mi chispa se avivaba.

Cuando nos encontraron los del pueblo, la cueva estaba caliente y seca, y a los corderos les salía vaho de la lana.

Desde entonces, todos empezaron a mirarme de otra forma.

El hecho en sí, salvar a la oveja y sus dos crías, les gustaba, pero no mi manera de hacerlo.

La segunda vez que sentí la chispa fue arriba, en Peña Dragón. Mientras se ponía el sol, bajaron de las cumbres cuatro lobos que se metieron entre las ovejas. Yo bajé corriendo, y al perseguirlos se avivó mi chispa interna, convirtiéndose en llamas.

La anciana Shar, que fue testigo —las ovejas perseguidas por los lobos eran suyas—, me echó un sermón.

—Son tiempos difíciles, Rafi —me dijo allí mismo, en la falda del monte, mientras caía la noche a nuestro alrededor—. Las fábricas de Skarth no descansan ni un momento y hacen telas de algodón mucho más baratas que la de lana fina que tejemos aquí. Sin compradores para nuestra tela, la aldea morirá.

No supe ver muy bien la relación entre lo que decía y los lobos y las ovejas.

—Escúchame —dijo ella, impacientándose—. Eres distinto, Rafi. No lo digo solo por tu aspecto, ni por lo inquieto que estás siempre. Esta chispa que hay dentro de ti, estas llamas… Si anduvieran bien las cosas no sería tan grave, pero el pueblo está asustado por los cambios que hay en todo el mundo, y el miedo hace que la gente busque culpables. —Me señaló con la cabeza—. Me refiero a ti. Tienes que esforzarte por no ser tan distinto, Rafi.

Me he esforzado, de verdad, sin embargo la chispa está dentro de mí. Imposible apagarla.

Está mirándome la aldea entera, gente que conozco desde que era un bebé, y parece que a algunos les dé hasta un poco de miedo.

—Bueno, bueno —dice Shar con firmeza, golpeando dos veces el bloque de piedra con su cayado—. De Rafi ya me ocupo yo. Los demás, todos a casa.

Los aldeanos salen a regañadientes del corral para volver a sus ovejas, o a sus ruecas y telares.

Tras saludar a Shar con la cabeza y apretarme el hombro, papá da media vuelta y emprende el camino de bajada a casa, con su paso lento e inestable.

—Bueno, Rafi —dice Shar, apeándose del bloque de piedra—, ¿cuánto de lo que ha visto Lah Buenhilo es verdad?

—Lo de acometer, no, te lo aseguro —contesto.

—¿Ah, no? —responde ella, mirándome con expresión ceñuda—. Pues que sepas que los visitantes también se han presentado en mi casa, y que algo buscan.

Mete una mano en el bolsillo de su delantal para sacar un papel y lo desdobla al dármelo.

Yo se lo devuelvo sin mirarlo.

Soy el más tonto de todos los niños de la aldea. Nunca me dicen nada las palabras de los libros. No sé leer ni escribir. Shar es nuestra maestra, o sea, que lo sabe de sobra.

—A mí con esas caras no, Rafi. —Insiste en que coja el papel—. Míralo.

Lo examino, aguzando la vista. Hay palabras que ni me molesto en descifrar, pero sobre ellas veo un dibujo borroso de una casa, con llamas pintadas de naranja que salen por las ventanas y la puerta.

Shar da unos golpecitos con el dedo en el papel.

—La tal Gringolet me ha dicho que en varios pueblos de la zona ha habido incendios, que se han quemado muchos telares y que hay gente que ha tenido que irse de sus casas para trabajar en las fábricas de Skarth.

Casi no me salen las palabras.

—Era lo… lo que le decían a papá, que iba a quemarse su telar.

—Pues a mí me han dicho lo mismo. —Shar añade algo inesperado—: Enséñame qué llevas en los bolsillos.

Parpadeo. Luego, saco el trozo de taza con la flor azul que he encontrado en las montañas.

Shar agita el papel en mis narices, asintiendo.

—Aquí pone que la persona a quien buscan, el autor de los incendios, podría tener un extraño interés por los dragones.

—Los dragones —repito.

—Tú pasas mucho tiempo en Peña Dragón —observa Shar.

Me guardo la taza rota en el bolsillo.

—Sabes perfectamente que nunca he quemado telares, Shar.

Ella suspira, apoyándose en su cayado.

—Ya, ya sé que no has sido tú. La próxima vez que vengan Gringolet y Stubb, hablaré yo con ellos. Tú… —Fija en mí una mirada penetrante—. Tú vete a casa. Ah, Rafi, y procura no meterte en ningún lío.

Me voy, pero sé que los líos, me guste o no, me buscan por sí solos.

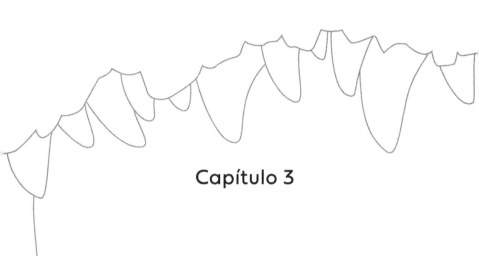

Capítulo 3

M i padre nunca ha sido muy hablador. A veces nos pasamos el día sin decirnos casi nada. Solo se oye a todas horas el telar, con la lanzadera que va y viene —zas zas— por la urdimbre, y el rrr rrr del hilo al salir del carrete, y el pum pum de la lanzadera al cambiar de dirección.

El telar que habla por mi padre es un marco cuadrado de madera pesada que ocupa la mitad de la habitación principal de nuestra casa. Papá trabaja de espaldas, unas espaldas anchas, huesudas y encorvadas, y siempre tiene las manos ocupadas con la lanzadera.

En casa no vive nadie más. Mi madre se fue poco después de nacer yo, y papá nunca habla de ella.

Cada mañana me despierto con los zas, rrr y pum. Es la manera que tiene papá de decirme: «Venga, Rafi, arriba, a ordeñar las cabras y preparar el desayuno».

Me quedo en mi litera, lo más quieto posible —que no es mucho decir—, y entre parpadeos veo el techo de paja. Siento un cosquilleo en los dedos de las manos y los pies. Mi cerebro expulsa los últimos vestigios de un sueño turbulento, en el que se mezclaban los desconocidos del día anterior con ráfagas de viento, fuego y tazas rotas. Me duele la garganta. Tengo la sensación de que he estado toda la noche haciendo gárgaras con fuego.

Zas, rrr, pum pum.

—Vale, papá —digo con voz ronca.

Me levanto deprisa de la cama, me pongo una camisa y unos pantalones y bajo por la escalera.

Nuestra casa tiene dos puertas, una delante y la otra detrás, y solo una ventana, justo al lado del telar, para que no le falte luz a papá mientras trabaja. En el resto de la sala, poco iluminada, hay una mesa de madera con sillas, una chimenea y un armario con algo de comida, unos cuantos platos, una cazuela mellada y una sartén.

Me quedo un momento al pie de la litera, sin moverme. Noto el frío del suelo en las plantas de los pies, pero a mí nunca me molesta.

El rrr del telar se interrumpe. Papá se gira en el banco.

—Buenos días, Rafi —saluda, mirándome.

Me acerco en dos pasos y le apoyo la cabeza en el hombro. Él me da un beso en la coronilla.

—Buenos días, papá.

Me quedo esperando, por si tiene algo más que decir.

«¿Has dormido bien?», podría preguntarme.

«Sí, papá», le contestaría yo, «aunque he vuelto a tener el mismo sueño, y no paro de pensar en lo que pasó con los desconocidos».

«Ven a desayunar, y así lo hablamos», podría responderme él, pero no lo hace.

Es callado en todo, pero de lo que es totalmente incapaz de hablar, conmigo o con alguien, es del fuego. El motivo es su pierna, y de lo que ocurrió cuando se la quemó. De hecho, ni siquiera lo sé. Nunca me lo ha contado. Creo que no se lo ha explicado a nadie.

Me suelta y se gira otra vez para seguir con su trabajo.

—Encárgate del desayuno —dice.

Se oye otra vez el rrr del telar.

Me acerco descalzo hasta la chimenea para colgar el cazo sobre el fuego. Tras asegurarme de que no me vea papá, meto la mano y remuevo las brasas para que ardan mejor. Lo que dijo Tam de que una vez me vio poner la mano en el fuego es verdad: las llamas me molestan tan poco como el frío. Agarro el cubo y salgo.

Aún no ha acabado de salir el sol. El frío convierte mi respiración en vaho. Esta noche ha nevado, espolvoreando la cumbre de Peña Dragón. Dentro de poco bajará la nieve por las faldas y empezará a acumularse en el pueblo. Aquí los inviernos son largos y crudos, y se pasa hambre.

Me paro un momento a mirar el camino por el que se llega a la aldea. Todo parece en orden. En las otras casas están encendidos los hogares y las lámparas. Huele a humo. Ya oigo el clan clan de John Herrero en su fragua. Seguro que está trabajando en una de esas veletas de hierro tan enrevesadas que hace. Todas las casas del pueblo tienen una en lo más alto de su techo de paja, y la nuestra no es una excepción. Si algo sabemos, en este pueblo, es por dónde sopla el viento.

Mi mirada sube por el camino hasta posarse en el intenso azul de la puerta de Tansy Pulgar, la costurera, que en primavera se inundará de flores azules y de hiedra, y en la casa larga y baja donde Jemmy y Jeb se pasan el día cantando en armonía mientras confeccionan telas casi tan buenas como las de mi padre. Y arriba del todo, casi al final de la aldea, la casa y el huerto de Mamá Rampa, que cría perros pastores casi tan inteligentes como las personas, al menos con las ovejas.

Ver la aldea me serena el corazón. Aunque no me parezca a ninguno de sus habitantes, soy de aquí. Lo tengo tan claro como que Peña Dragón nunca se levantará y se pondrá a caminar con cuatro patas de roca.

Cruzo el corral hacia el riachuelo que corre cuesta abajo por detrás de la casa. Primero me lavo la cara, luego lleno un poco el cubo.

Al fondo, detrás de una colina, ha despuntado el sol. La luz recién nacida hace brillar la escarcha sobre el muro de piedra. Pasa de largo un remolino de viento, y siento el impulso fugaz de saltar en su persecución.

Entre el viento y lo que pasó ayer, se anuncia un día inquieto, no me cabe duda; un día perfecto para el aire frío y despejado de la sierra, también para buscar restos de tazas y para hablar con un dragón que ya no existe.

Lo malo es que a papá no le gusta que suba a Peña Dragón.

Cuando abro la puerta del cobertizo, salen cloqueando nuestras cuatro gallinas, que se ponen a picotear la tierra del corral. Entro y me acerco a las cabras. Favorita es una cabra vieja que aún da un poco de leche. Parpadea y hace meeee. La otra, Amapola, es una cabra pequeña y rolliza, de color canela, con el morro blanco, las patas negras y una estrecha franja negra junto a cada ojo. Al verme se acerca y apoya en mí todo su peso y calor, haciéndome cosquillas en las piernas con sus pelos. Les doy un poco de heno y agua, y mientras comen las ordeño.

Amapola se gira a mirarme a la vez que la ordeño. Tiene unos ojos aún más raros que los míos, dorados, con una rendija horizontal como pupila, pero parece contenta de oírme, y tranquila.

Vuelvo a entrar en casa con el cubo lleno y preparo huevos y queso para el desayuno. Después de dejar el plato de papá sobre la mesa, salgo del corral y subo a la aldea.

Los del pueblo no hablan nunca del dragón que vivía en las montañas con su colección de tazas. Ha pasado tanto tiempo… Sin embargo, Shar tenía razón: a mí los dragones siempre me han despertado un extraño interés, ahora más que nunca. Y si alguien puede despejar mis dudas es la anciana Shar.

Durante la pasada primavera, un día en que hacía mucho viento y estaba yo bajando de las cumbres, Shar me pidió que le echase una mano, entonces le pregunté cómo era el pueblo cuando aún vivía aquí el dragón.

Shar se había puesto de rodillas al lado de una oveja y le estaba curando una pezuña, mientras yo le sujetaba la cabeza. Se quedó quieta, con una mirada nostálgica.

—En esta época del año, cuando yo era pequeña, había una especie de fiesta. Subíamos y le dejábamos un regalo al dragón, para que alejara a los lobos de los rebaños y de los corderos. Siempre estaba. Era como una parte más de las montañas.

—¿Hay dragones en algún otro sitio? —quise saber.

Se me hizo raro preguntarlo. Mi mundo se reducía a la aldea, y no estaba acostumbrado a pensar más allá.

Ella asintió.

—He oído que se cuentan cosas de un dragón en Barrow, un pueblo que queda a unos tres días caminando: primero se cruzan las montañas, luego hay que seguir el río.

—¿Nuestro dragón volverá alguna vez? —pregunté.

Shar sacudió la cabeza.

—El mundo está cambiando —respondió—. Con tanta fábrica, tanto motor de vapor y tanta carretera, no queda sitio para los dragones. Quizá el de Barrow ya no esté. —Inspeccionó la pezuña de la oveja—. Ya puedes soltarla —dijo, y se levantó.

La solté, y miramos cómo se alejaba cojeando.

—Hay quien dice —siguió explicando Shar— que lo único que hacían los dragones era robar. En Skarth se cuenta que cada dragón roba y acumula cosas diferentes, como joyas, coronas o princesas. —Se agachó a recoger su cayado—. Hay quien dice que estamos mejor sin dragones.

—¿Y a ti qué te parece? —pregunté.

Se giró a mirar la cumbre más alta, donde había vivido el dragón. Volvía a tener los ojos vidriosos.

—Ah, Rafi… Es que el dragón era tan bonito cuando volaba… Se lanzaba desde allá arriba, y al desplegar las alas se oía una especie de trueno. Después se levantaba el viento, y el dragón empezaba a dar vueltas con las escamas alumbradas por el sol. Nuestro dragón era más azul que el cielo y brillaba al volar. —Sacudió la cabeza, y enfocó la vista—. Peligroso lo era, no te quepa duda, pero montaba guardia en las montañas y velaba por nosotros. El dragón era nuestro protector.

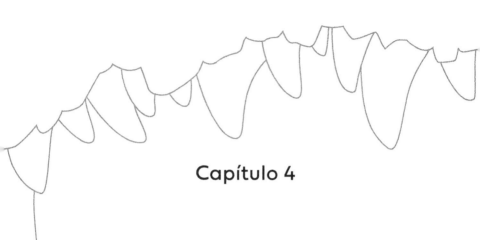

Capítulo 4

A punto de llegar a la casa de Shar, veo a Tam del Panadero bajando por la cuesta con su burro. Mi amigo, que ya no lo es. Después de lo de ayer, dudo mucho que me dirija la palabra.

Cuando estamos más cerca, se me queda mirando. Es una mañana fría. Tam lleva ropa de abrigo, zapatos gruesos y mitones de lana. Son cosas que también tengo yo, pero que me he olvidado de ponerme, porque no noto el frío. Solo llevo la camisa y los pantalones de siempre, además voy descalzo.

—Buenos días, Tam —digo cuando me lo cruzo.

Se sobresalta y baja la cabeza.

—Buenos días, Rafi —murmura, dando un estirón a la cuerda del burro, y se aleja deprisa.

Yo me giro, suspirando. Al abrir la verja del corral de Shar, veo que ella sale por la puerta. La sigue John Herrero. Me paro y me quedo mirando a Gringolet, que ha sido la tercera en salir, con sus hileras de alfileres y sus gafas ahumadas. Luego aparece otro desconocido.

Va muy elegante. Nunca había visto a nadie tan lustroso y bien vestido, con traje negro, un abrigo forrado de piel, anillos de oro en los dedos y zapatos brillantes. Tiene la barba blanca, pulcramente recortada, y una cadena de oro que va desde un botón hasta un bolsillo de su chaleco bordado. Los ojos los tiene entre verdes y grises, medio tapados por pobladas cejas blancas. Mira el corral, y al enfocar en mí los ojos levanta las cejas en un gesto de sorpresa y se gira a hablar con Gringolet, la cual asiente, señalándome.

Cierro la verja y entro en el corral.

Shar viene a mi encuentro, con su mejor vestido, el azul, y un pañuelo de flores anudado en la barbilla.

—No pasa nada —dice en voz baja—. Es el señor Flitch, el dueño de una fábrica de Skarth. Solo quiere hablar contigo.

Debe de ser el que mandó a Gringolet con el papel y las preguntas. Se cree que puedo ser yo el que quema casas y telares en los otros pueblos.

—Perfecto —contesto sin apartar la vista del tal Flitch—, porque yo también quiero hablar con él.

Shar me retiene por el hombro, con su mano nudosa.

—Ten cuidado —susurra mientras se acerca el señor Flitch—. Por una vez, piensa un minuto antes de actuar, Rafi.

—Claro, claro —contesto yo en voz baja, sabiendo tan bien como ella que soy incapaz de seguir su sensato consejo.

El señor Flitch se acerca a mí. Va apoyado en un bastón con el pomo de oro, pero no parece débil, ni enfermo. Con la otra mano toca la cadena de oro fino que lleva en la cintura.

—Vaya, vaya, Shar Cuestarriba —dice con una voz profunda, ligeramente despectiva, que sin saber por qué me irrita—. ¿Qué tenemos aquí?

—Nada, señor Flitch, un niño del pueblo —contesta ella, mucho menos seca que de costumbre.

—¿Ah, sí? —Los fríos ojos del señor Flitch me observan atentamente—. Pues ayer bien que hizo que se fueran corriendo Gringolet y Stubb como dos perros con la cola chamuscada... —Gringolet, que está detrás, me mira con hostilidad—. Yo creo que debería disculparse con ella.

—Estaban hablando de quemar —digo yo—. Me parecieron amenazas, y a mi padre le da miedo el fuego.

—No ha sonado a disculpa —dice el señor Flitch.

—Es que no lo era —replico.

—Rafi... —me advierte Shar.

John Herrero ha cruzado sus musculosos brazos. Su expresión es de reproche.

No les hago caso. Este tal Flitch me da mala espina. Desde que ha salido de la casa de Shar no me quita los ojos de encima. Se acerca y se apoya en su bastón para escrutarme aún más, mirándome a los ojos muy atentamente.

Yo sostengo su mirada.

—Sombras —murmura—. Solo sombras.

De pronto, en mi interior, parpadea la chispa.

El señor Flitch reacciona abriendo mucho los ojos. Hay un momento, muy fugaz, en que parece eufórico.

—Ah, ahora lo he visto —susurra tan bajo que solo lo oigo yo.

—¿Qué ha visto? —pregunto en voz baja.

—Algo que tienes —musita él—. Y que yo quiero. Si no me lo das voluntariamente, sacaré de debajo de tu aldea lo que necesito.

No sé a qué se refiere. Debajo de mi pueblo no hay nada, solo roca. Me lo quedo mirando tan fijamente como él a mí. Hay en su interior un brillo de codicia y de avidez. También veo otra cosa: que es peligroso.

—Como intente hacerle algo malo a mi aldea o a alguien que viva aquí —le advierto—, se lo impediré.

Pongo la peor cara que puedo. Él parpadea, y en ese momento se corta la conexión que había entre los dos. El señor Flitch se yergue y aparta la mirada. Tiene los ojos rojos y llorosos, como si hubiera estado mirando el sol.

—¿Lo ha oído? —pregunta Gringolet a sus espaldas—. «Mi aldea», ha dicho.

—Sí, lo he oído —contesta el señor Flitch con impaciencia.

Gringolet clava en mí una mirada cenicienta por encima del borde de sus gafas.

—Muy interesante.

—A este conviene vigilarlo —dice en voz alta el señor Flitch—. Este niño tiene toda la pinta de llevar la huella del dragón.

—¿De... qué? —pregunto yo.

La anciana Shar ha abierto mucho los ojos.

—¿La huella... del dragón?

—Sí. —El señor Flitch hace una mueca desdeñosa—. Es como se dice. Los dragones, como sabe todo el mundo, son seres malvados y crueles; tanto es así... —Le hace una señal a Gringolet, que mete la mano en un bolsillo y saca un libro del tamaño de su mano, aproximadamente—. Tanto es así que un gran experto en dragones, Igneous Ratch, ha escrito un libro que describe y define todas sus maldades. —Gringolet le tiende el libro a Shar, que tarda un poco en aceptarlo—. Ratch también describe a unos extraños personajes, distintos al resto de la humanidad. —El señor Flitch me señala—. No solo por su aspecto. Son personas que tienen, por así decirlo..., una simpatía depravada hacia los dragones. Parecen normales, pero a partir de un momento empiezan a pasar cosas horribles a su alrededor. He oído —añade, sin quitarme la vista de encima— que ayer, cuando estaba él cerca, se incendió su casa. ¿Es verdad?

Siento el primer pálpito de miedo. Sí, es verdad.

—Sí —admite Shar después de un rato.

—Y desde hace un tiempo —continúa el señor Flitch—, ha habido varios incendios en otros pueblos no muy alejados de este.

—Qué casualidad —interviene Gringolet.

—Pero si yo nunca... —empiezo a protestar.

—Es peligroso —me interrumpe el señor Flitch—. No hay más que verlo. Con ese pelo... y esos ojos... Se da usted cuenta, ¿verdad?

John Herrero asiente, dudoso.

—No es lo mismo diferente que un peligro —insisto.

—¿Verdad que este niño —continúa el señor Flitch como si no me hubiera oído— pasa mucho tiempo en la guarida del maléfico dragón que moraba entre las rocas de allá arriba?

John Herrero parpadea.

—Sí, es verdad —dice lentamente—. No cabe duda.

—Pues es evidente —concluye el señor Flitch con cara de satisfacción— que se le ha contagiado la malignidad.

—Los dragones no son malos, ni yo tampoco —les digo a todos—. Nadie ha contado nunca que el de Peña Dragón le hiciera daño a nadie. —Me giro hacia Shar—. Me lo dijiste tú. Nuestro dragón era peligroso, pero también era nuestro protector. Alejaba a los lobos de nuestras ovejas. Cuando nos cuidaba el dragón, iba todo mejor. Me lo dijiste tú.

Shar pone cara de preocupación.

—Rafi... —empieza a decir.

—Los dragones son malos, lo sabe todo el mundo —la interrumpe Gringolet, señalando el libro que está en manos de Shar—. Tiene que ser verdad, porque lo pone en el libro.

Sé que se equivocan, o que mienten. Estoy a punto de estallar de rabia y frustración, pero por una vez me lo pienso. Si me peleo con ellos, solo servirá para probar que soy malo y peligroso.

Mientras rabio por dentro, el señor Flitch sonríe con cara de satisfacción y se dirige a Shar con un deje melifluo:

—Lo más prudente sería que nos entregasen a este niño con la huella del dragón.

—Hay que encerrarlo —añade Gringolet—. El pobre Stubb está en el hospital de Skarth por culpa de las quemaduras que le provocó ayer este crío. Habría que encerrarlo, para que no pueda hacer daño a nadie más.

—Tienen que pensar en la seguridad de su aldea —añade el señor Flitch mientras me mira con el mismo brillo codicioso de antes.

¿Qué habrá visto? ¿Qué quiere de mí, en realidad?

Veo que John Herrero asiente como si estuviera de acuerdo con la necesidad de encerrarme. No así Shar, que sacude la cabeza.

—No —dice firmemente—. Rafi ha vivido siempre aquí, toda su vida, y es uno de los nuestros. Si tiene algún problema, lo resolveremos aquí. —Hace un gesto seco de despedida—. Bueno, les agradecemos la advertencia, pero va siendo hora de que vuelvan a Skarth.

—Muy poco juicioso, Shar Cuestarriba —dice con mal tono el señor Flitch—. Muy poco juicioso.

Al poco rato recupera toda su finura de modales y, tras inclinarse con urbanidad, sale con pasos largos del corral, seguido por Gringolet. También John Herrero se marcha, no sin antes mirarme con cara de preocupación.

—¿Tú te lo crees, Shar? —exploto—. No, ¿verdad? Eso que han dicho el señor Flitch y Gringolet de que tengo la huella del dragón, y lo que han explicado sobre los dragones...

—Ay, Rafi —dice ella con tono de fatiga—, no sé... —Sacude la cabeza. Veo cansancio y miedo en sus arrugas—. Lo único que sé es que esta aldea está en peligro, y no se me ocurre ninguna manera de evitarlo.

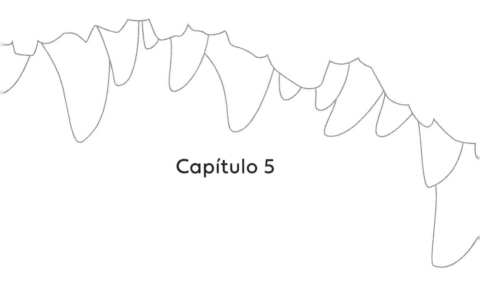

Capítulo 5

En vez de irme a casa, subo a las montañas y trepo hasta que me duelen los músculos, mientras me azota el viento y el aire frío aviva mis pulmones. Aquí arriba hay lobos que esperan el momento de cebarse con las ovejas, pero cuando estoy en Peña Dragón, no bajan nunca. A esta altitud, la hierba empieza a escasear, y al final solo quedan placas de nieve y roca barrida por el viento. Corro con el viento, de roca en roca, hasta gastar la rabia. Entonces busco un sitio desde donde pueda contemplar los picos y los montes.

Mi aguda vista baja por el valle siguiendo las curvas del camino hasta posarse en una especie de carreta sin caballos que echa nubes de humo negro. Seguro que el señor Flitch y Gringolet se han bajado antes de ella para cubrir a pie el último tramo hasta la aldea, demasiado empinado para subir en carro. Y seguro que ahora regresan a la ciudad.

No sé qué intenciones tendrá el señor Flitch. Algo quieren de mí, él y Gringolet, pero no sé qué.

«La huella del dragón».

¿Qué huella? ¡Pero si yo nunca he visto un dragón! En cuanto a que el de Peña Dragón fuera malo, o que se me haya contagiado de alguna manera su «dragonidad» por pasar tanto tiempo aquí arriba, no me lo creo ni por asomo. Echo de menos a papá con toda el alma. Ojalá pudiera hablar con él... Pero al tener la pierna mal no puede subir a las montañas. De hecho, tampoco le gusta que suba yo. En resumidas cuentas, nunca se sentará a hablar conmigo aquí arriba, en este lugar resguardado del frío. No, papá está trabajando en el telar. Es el mejor tejedor del mundo. Es lo que más le gusta hacer. Sus telas son más bonitas, resistentes y mejores que esas de algodón que hacen en las fábricas del señor Flitch y que se rompen a la primera.

Aunque no me moleste el frío, me estremezco y me abrazo las rodillas con los brazos. Me quedo en Peña Dragón hasta que se pone el sol y caen las sombras sobre el valle extendido a mis pies. Entonces me levanto despacio, entumecido.

«Meeeeee», oigo. Me giro de golpe. Es Amapola, nuestra cabra, encaramada a una roca, mirándome tranquilamente. Será que esta mañana me he dejado la verja abierta, y me ha seguido. ¿Y si se hubiera escapado? ¿Y si la hubiera atacado un lobo? Sin la leche de Amapola, papá y yo lo tendríamos difícil.

Bajo, seguido al trote por la cabra. Cuando llegamos a la aldea, ya es noche cerrada. Entro en el corral, meto a Amapola en el cobertizo, con una brazada de heno, y entro en casa procurando no fijarme en que el techo de encima de la puerta está quemado.

Zas, rrr, pum pum, hace el telar.

La puerta se cierra con un clic a mis espaldas.

El telar enmudece. Papá yergue los hombros y se gira en el banco para verme. Es hombre de pocas palabras, pero siempre sé que se alegra de mi regreso. Esta noche está muy serio.

—Perdona que llegue tan tarde, papá —le digo.

Asiente.

—Has vuelto a subir, ¿verdad?

—Sí —contesto—. Es que tenía que pensar.

Frunce el ceño.

—Esta tarde ha venido el herrero, John, a hablar conmigo. —Me observa atentamente, como si me mirase de otra manera que de costumbre—. Me ha explicado que a la anciana Shar la han visitado unos de la ciudad. —Se para a respirar—. John Herrero dice que en la aldea les parece que nos das problemas.

Siento un latido sordo dentro de mi pecho.

—No es verdad, papá. Yo solo…

Me hace callar con un gesto de la mano.

—Ve a preparar la cena —dice.

Voy a por unos cuantos huevos, más inquieto y nervioso que nunca. Los frío con un poco de queso de cabra, corto unas rebanadas de pan y lleno dos vasos de leche de cabra. Luego me acerco al banco de papá y lo ayudo a ir a la mesa. Se sienta encorvado y se pone a comer sin levantar ni una vez la vista.

Al final, el silencio se hace tan pesado que no puedo más.

—Papá… —digo.

Deja el tenedor y pone las palmas de las manos en la mesa, como para apoyarse.

—Papá… —empiezo a decir. Me cuesta verbalizar lo que llevo pensando toda la tarde—. Yo no doy problemas, papá.

No tengo…, no tengo lo que ha dicho el señor Flitch. No tengo la huella del dragón.

Papá contesta sin mirarme, y le tiembla la voz:

—Rafi… —murmura.

Se hace un largo silencio. Casi llego a tener miedo de que se levante de la mesa sin añadir nada más. De pronto respira entrecortadamente.

—El dragón… —Su dedo tiembla al señalar en dirección a las montañas—. Ese dragón de allá…

Nunca le había oído hablar así, con esta especie de dureza. Saca la pierna de debajo de la mesa —la que tiene atrofiada y cubierta de cicatrices— para señalársela. Luego vuelve a apuntar hacia las rocas.

Aunque no pueda decirlo, yo lo entiendo.

—¿Te quemó el dragón, papá?

Asiente, cariacontecido.

Se me estremece el corazón dentro del pecho.

—¿El de Peña Dragón?

—Sí.

Lo ha dicho con la misma dureza de antes. Me doy cuenta de por qué: es odio. Odia al dragón.

—No puede ser —se me escapa. ¿El dragón que coleccionaba tazas con flores azules? ¿El que velaba por el pueblo? Imposible—. Papá…

—Tú no puedes acordarte —responde él pesadamente—. No tenías ni tres años. Fue una noche de invierno. Me desperté muy tarde y no estabas. Seguí tus pisadas en la nieve.

—Vuelve a señalar hacia Peña Dragón—. Hacía mucho tiempo que al dragón no lo veía nadie, pero estaba allí. Era… enorme, y tú tan pequeño… —Se traga las palabras—. Te recogí, y justo cuando me giraba para echar a correr, nos persiguió y…

Mueve la cabeza, señalándose la pierna, atrofiada y quemada.

—El dragón te quemó —susurro. Se me ha puesto la piel de gallina—. Y nunca se lo has dicho a nadie.

—Nunca —dice papá. Se hace un largo silencio—. No podía. Le dije a todo el mundo que se me había caído un cazo de agua hirviendo. Era lo único que podía explicar. Luego…

—Sacude otra vez la cabeza—. Luego, el dragón volvió a marcharse, pero escúchame, Rafi: el señor Flitch tiene razón.

—Se queda un momento callado. Las siguientes palabras las dice como si se le atragantasen—. Cuando me persiguió el dragón, estabas en mis brazos. Las llamas nos rodearon y me quemaron, sin embargo tú no te quemaste. Eres lo que ha dicho el señor Flitch. Te llamó el dragón, Rafi, y tú acudiste. Llevas su huella.

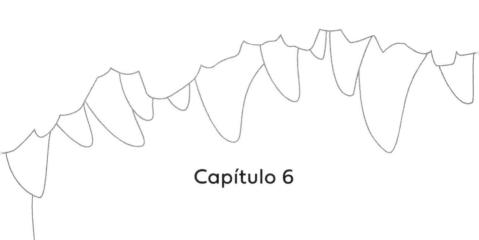

Capítulo 6

Las llamas nunca se están quietas. Palpitan. Yo también.

Después de cenar, subo y me acuesto en mi litera, pero sé que esta noche no podré dormir. Dentro de mí palpita todo lo que he descubierto a lo largo de este día: sobre mi padre y su pierna quemada, sobre el dragón y sobre lo que espera de mí el señor Flitch. Y sobre que tengo la huella del dragón. Todo hierve, todo arde en mi interior, hasta que tengo que sentarme en la cama y sujetarme las rodillas para no explotar.

Entonces oigo algo que me distrae.

En la casa no hay luz. El telar está en silencio. Papá ha apagado la candela y se ha acostado. De tanto escuchar me pican las orejas.

Oigo llegar del pueblo el chirrido de las veletas que coronan todos los tejados de paja. Está cambiando el viento.

Vuelvo a oír el mismo ruido que me ha distraído hace un momento: un grito lejano. Me visto a toda prisa y bajo la escalera. Roces. El ruido de la muleta. Papá sale de la oscuridad.

—¿Lo hueles? —pregunta con voz tensa.

Lo huelo, sí, es humo.

Lo ayudo a salir por la puerta. Es medianoche. No hay luna y la oscuridad sería completa si a lo lejos, donde la aldea empieza a subir por la ladera, no se vieran saltar llamas.

—Oh, no —murmura papá.

—Quédate aquí —le digo—. Ya voy yo.

—No. —Se apoya en mi hombro para no perder el equilibrio—. Van a necesitar toda la ayuda posible.

Papá cojea hacia el fuego, muy serio y pálido. Yo lo ayudo a subir por el camino hasta llegar al pueblo. Se ha enfriado mucho el aire. Ahora huele un poco a hierro, que es como huele la nieve. Está saliendo gente de sus casas. Parpadean, tiritando de frío bajo los reflejos de la luz anaranjada. Justo cuando pasamos se incendia un techo de paja y el viento, cada vez más fuerte, se lleva una ráfaga de chispas. Una curva más y llegamos al centro de la aldea, justo cuando se abate sobre nosotros un chorro de aire caliente. Es la casa de Shar. De su techo de paja saltan altas llamaradas en la oscuridad. Sale volando un torbellino de chispas. El rugido del fuego es ensordecedor.

Dentro de la casa se oye un grito muy agudo.

—Shar —dice papá, mirando la puerta fijamente.

De repente brotan llamas, como si no fuera una puerta, sino la boca de un dragón que respirase fuego. El resto de los aldeanos están ocupados en apagar sus propios incendios. No queda nadie más. Papá da un paso inseguro hacia la casa, apoyando todo su peso en la muleta.

—No, papá —le digo sin aliento, agarrándole el brazo. Aunque sea bastante corpulento para librarse de mí, no lo suelto—. ¡No! —grito.

Se me queda mirando, con una cara que en la turbia luz naranja parece hecha de piedra.

—Déjame ir a mí, papá —digo.

Pasa volando una chispa muy brillante. Justo cuando papá se echa para atrás, cazo la chispa al vuelo y abro la mano para demostrarle que a mi piel no la queman las llamas.

—No, Rafi, no —gruñe él.

—Ya sé que lo que más miedo te da en el mundo es el fuego —le digo—, pero a mí no me hace daño. No va a pasarme nada.

Echo a correr y entro en la casa incendiada, medio tropezando en el umbral.

Está quemándose el techo. Recibo de lleno el calor de las llamas mientras hago crujir brasas con los pies descalzos. Voy hacia el fondo, abriéndome paso entre el fuego. La estantería donde guarda Shar sus libros es como una gran fogata. Hay un revoloteo de páginas quemadas, como si el aire se hubiera llenado de una nieve negra. No puedo salvarlos. A Shar no se la ve por ninguna parte. Salgo de la habitación principal a través de un pasillo lleno de humo y llego a una puerta cubierta por lenguas de fuego.

—¡Socorro! ¡Socorro! —chilla una voz aguda.

Abro la puerta con el hombro, y a la luz de las llamas, entre el aire que tiembla de calor, veo a Shar agazapada en un rincón, con el pelo blanco recogido en una trenza sobre el hombro y un camisón blanco. Se tapa la cabeza con los brazos y tose sin parar.

No pienso dejar que se muera. Corro hacia ella.

—¡Ven! —exclamo.

Cuando me agacho, tiene la oportunidad de verme bien la cara y abre los ojos como platos. Luego, emite un grito estridente de pavor que se le acaba atragantando, porque el humo no la deja respirar. Intenta apartarse, pero hay tanto humo que al final se desmaya.

Tendré que llevármela a cuestas, aunque no sea mucho más alto que ella. En el suelo hay uno de sus libros, como si se le hubiera caído. Lo recojo y me lo meto en el bolsillo. Después, aprieto bien los dientes y levanto a Shar en brazos. Consigo incorporarme, con todos los músculos temblando, y doy tumbos hacia la puerta.

La habitación principal es un muro de fuego. Piso con cuidado, intentando proteger lo más posible a Shar, y a base de mirar entre las llamas, que no se están quietas ni un momento, llego a la puerta principal, la cruzo en una vorágine de humo, chispas y ceniza y me alejo del calor del fuego tropezando, hasta que topo con un grupo de aldeanos que se me quedan mirando. Me abro paso entre ellos, y cuando ya estoy bastante lejos de la casa en llamas, dejo en el suelo a Shar y me arrodillo a su lado. No se mueve. Está como inerte.

—Shar, Shar —la llamo, tomándole la mano y dándole palmadas en la cara, enrojecida por el fuego.

—Rafi —dice Tam del Panadero.

El dedo con que me señala está temblando. Levanto un momento la vista, parpadeando para quitarme las sombras de los ojos. En ese instante noto algo caliente encima de la oreja y levanto la mano para apagar la llama que arde en mi pelo. Tengo otra en la camisa, que también sofoco con la mano.

Los aldeanos, todos en camisa de dormir, retroceden con los ojos muy abiertos de miedo, sin dejar de mirarme. Papá no está con ellos. Puede que haya vuelto a casa porque no podía soportar el fuego.

La que está es nuestra vecina, Lah Buenhilo.

—¡Ha pasado otra vez! —dice con voz estridente.

—¿El qué?

Parpadeo y la miro sin entender a qué se refiere. Sigo teniendo en mi mano la de Shar, que acaba de abrir los ojos e intenta incorporarse entre toses.

—… incen… diado —consigue decir.

Con un grito sofocado, Lah Buenhilo se convierte en el centro de atención.

—¡Lo ha hecho Rafi! —chilla—. ¡La anciana Shar acaba de decir que su casa la ha incendiado Rafi!

—No es verdad —protesto—. ¡No he sido yo!

De repente se acercan Gringolet y Stubb, que salen de la oscuridad iluminada por las llamas.

—¡Nosotros lo hemos visto! —exclama Gringolet, señalándome.

A su lado, Stubb abre mucho la boca y los ojos, como si estuviera asustado.

—¡Lo hemos visto! —repite, agitando sus largos brazos.

—¿El qué? —exclama John Herrero—. ¿Qué habéis visto?

—¡A este crío! —dice Gringolet, y añade, entre los gritos de los aldeanos—: ¡Este niño le ha prendido fuego a la casa de Shar Cuestarriba!

—¡La huella del dragón! —brama Stubb—. Está infectado por la maldad del dragón y ha provocado el incendio. ¡Quiere arrasar con todo el pueblo!

—No es verdad —protesto, pero mi voz se pierde en el ruido que hace el techo de la casa de Shar al derrumbarse por culpa del fuego.

Sale un chorro de calor que hace retroceder a Lah, Tam y el resto de los aldeanos.

La anciana Shar está intentando decir algo más, pero se dobla por la tos. Se oyen gritos. Oigo que Lah vuelve a chillar mi nombre. También me llegan otras voces, unas de rabia, otras de miedo. Lo único que puedo hacer es quedarme de rodillas, con la sensación de que en cualquier momento dejará de sostenerme el suelo.

Shar me toma del brazo.

—Rafi —dice sin aliento—. Tú... no. —Le da otro ataque de tos. Tiene los ojos rojos, llorosos por el humo. Las llamas de su casa rugen a nuestras espaldas—. Debe de haberles ordenado que empezaran el incendio... Flitch.

Lo capto enseguida y asiento.

—Tu casa la ha quemado Gringolet, sabiendo que me echarían la culpa a mí. —Me está costando respirar. Casi no me salen las palabras—. Shar, lo de la huella del dragón es cierto. Me lo ha dicho mi padre. Flitch me quiere para algo. La próxima vez vendrá a por mí. —Se me ocurre algo horrible: le dije al señor Flitch que papá tiene miedo del fuego. Y el señor Flitch es de los que no desaprovechan una información así—. Tengo que asegurarme de que mi padre esté bien.

Empiezo a levantarme, pero Shar se aferra a mi manga con su mano huesuda para que no me aleje de su lado.

—Espera. —Vuelve a toser. Le cae el pelo blanco por los hombros encorvados—. Escúchame, Rafi.

Más toses.

—¿Qué?

Tengo la cabeza en otro sitio. No veo el momento de encontrar a papá. Miro por todas partes, desquiciado. De la casa de Shar continúan saliendo llamas y humareda. El viento hace volar las chispas como estrellas fugaces. También hay otros techos de paja que se están consumiendo lentamente.

—¡Escucha! —insiste ella. Dejo al margen las demás preocupaciones para concentrarme en sus palabras—. A Flitch le iría muy bien que se quemara esta aldea y desapareciera, y que trabajáramos todos en sus fábricas. Yo he hecho todo lo que podía para mantenernos a salvo, pero no es suficiente. —Tose, y se seca las lágrimas de los ojos enrojecidos por el humo—. Tienes que irte, Rafi.

La miro fijamente. ¿Me está echando?

Le da otro ataque de tos.

—Necesitamos… a nuestro protector.

—Protector.

Mi voz tiembla al repetirlo.

—Tiene que estar en algún sitio —dice ella con voz ronca—. Tú tienes la huella del dragón porque eres el único que puede dar con él.

Sacudo la cabeza sin entender nada.

—Pero, Shar, es que no puedo…

—Presta atención, Rafi —me interrumpe ella. Luego me pone una mano en la barbilla y me obliga a mirarla a los ojos—. Tenías razón: los dragones no son malos. El nuestro se marchó hace tiempo, pero necesitamos que vuelva. —Un nuevo ataque de tos la obliga a soltarme—. Tienes que irte. Márchate de aquí. Encuentra a nuestro protector. Encuentra a… nuestro… dragón.

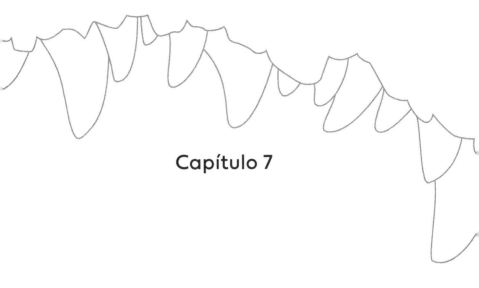

Capítulo 7

M e siguen resonando en los oídos las palabras de Shar, pero no es el momento de pensar en ellas. Tengo que encontrar a papá antes que Gringolet y Stubb.

Me levanto y me alejo del pueblo a toda prisa, dejando atrás los gritos y pasos de la gente que corre a llenar cubos para vaciarlos en la paja de los tejados, lentamente consumidos por el fuego. Corro por el camino sin cruzarme con nadie, y doy alcance a papá justo cuando entra cojeando en el corral. Me deja que lo ayude a entrar en casa. Luego da un portazo y cierra con pestillo. Veo que busca algo en la oscuridad y que enciende una vela. Se acerca al armario sin hablar y mete en un saco todo el contenido de la estantería.

Unos golpes en la puerta me hacen girarme bruscamente.

—¡Sabemos que estás dentro! —grita Stubb al otro lado.

Papá me coloca el saco lleno en los brazos y me empuja hacia la otra puerta. Luego me adelanta cojeando para abrirla, se asoma y me pone las manos en los hombros.

—Ya se encargarán ellos de que te echen la culpa del incendio, Rafi. Tienes que huir.

—No, papá —protesto—. Sabes que no he sido yo. No puedo...

Iba a decir «dejarte aquí», pero me interrumpen más golpes en la puerta.

—¡Venimos a llevarnos a tu hijo, Tejedor! —exclama Stubb—. Lo quiere el señor Flitch. Si no nos lo entregas, quemaremos la casa y os haremos salir.

Papá se estremece de miedo.

—Tienes que irte, Rafi.

Comprendo que no hay otra alternativa.

—Tranquilo, papá, yo los distraigo —digo rápidamente.

La puerta tiembla en el marco. Están intentando echarla abajo a patadas.

Papá me acerca a su pecho para darme un abrazo brusco y rápido.

—Hay una cosa que aún me da más miedo que el fuego, Rafi. —Me besa en la coronilla. Luego me saca a empujones de la casa—. Tienes que irte. ¡Corre!

La puerta se cierra de golpe.

Estoy tan aturdido que al principio no me muevo. Huele a humo. Oigo llegar desde la puerta los gritos indignados de Gringolet y Stubb. Luego doy unos pasos y me asomo por la esquina de la casa. Ahí están: dos bultos negros con antorchas encendidas, como lenguas inquietas en la noche. Las están acercando a la paja del techo. Pretenden quemar vivo a papá.

—¡Eh! —les grito.

Gringolet me señala.

—¡Está ahí!

Se lanzan en mi persecución.

Salgo del corral por la puerta trasera.

Me siguen, dejando una estela de fuego con las antorchas.

Echo a correr por el camino que cruza las colinas hacia Peña Dragón. Es cada vez más empinado. Miro por encima del hombro, jadeando. Las dos antorchas se destacan con fuerza en la noche: todavía me siguen. Me duelen los músculos de las piernas. Empieza a costarme respirar.

Oigo un grito a mis espaldas. Me giro y los veo. Son el doble de altos que yo, y el doble de fuertes. Me están cansando a posta, hasta que caiga en sus manos.

¡Piensa, Rafi, piensa!

Yo veo en la oscuridad. Ellos no.

Abandono el camino y subo tropezando por la hierba, las rocas y el brezo. Oigo insultos, pero aún me siguen. Salto de roca en roca, como si pudiera volar. Gringolet y Stubb van distanciándose.

De repente, al saltar hacia una roca que es como una isla gris entre los matorrales, resbalo y me caigo en los pinchos de unos tojos. Al verlo, Gringolet da un grito. Se lanzan por los matorrales. Cada vez están más cerca. Me levanto y sigo corriendo.

Llego a la parte de la roca donde ya no hay hierba ni matas, solo piedra erosionada por el viento y la lluvia. El camino bordea un precipicio, justo al pie de la guarida del dragón.

Es donde me alcanzan.

Acorralado, me pego a una pared de roca. Sus antorchas se avivan por el viento que sopla a nuestro alrededor.

Gringolet se acerca con cara de avidez.

—Bueno, niño de las chispas... —Su voz es como un siseo—. Ya te hemos pillado.

La miro con rabia.

—¿Tanto os cuesta dejarnos en paz, a mí y a mi aldea?

El parpadeo de las antorchas hace que la cara de Gringolet parezca deforme. Le brillan los alfileres de las orejas.

—Es que tienes algo que quiere el señor Flitch, y el señor Flitch siempre consigue lo que quiere.

—No tengo nada —protesto.

La voz de Gringolet se hace amarga como la ceniza.

—Eres un crío especial. ¿Aún no te has dado cuenta?

—Bueno, venga, no nos des más problemas.

Es Stubb, que se acerca, resbalando por las piedras sueltas. Tiene manchas de hollín en la cara y unas cejas tan negras y tupidas que debajo, más que ojos, parece que haya dos pozos negros.

Miro de reojo, buscando desesperadamente una manera de escapar.

Al darse cuenta, Gringolet me cierra el paso. Se acercan más. Stubb se dispone a sujetarme con sus largos brazos.

De repente se apodera de mi pecho la extraña sensación de siempre, como un roce de yesca y pedernal. La chispa prende justo al lado de mi corazón. Debajo mismo de mi piel brota un chisporroteo de calor. Se me oscurece la vista, rodeada de chispazos. Me miro la mano: es la de siempre, pálida, sucia de hollín. De pronto, sin embargo, los dedos empiezan a ponerse rojos y a brillar con tanta fuerza que veo la sombra de los huesos.

Gringolet se saca de la manga un alfiler largo y puntiagudo y da un paso hacia mí. Mi fuego interno reacciona con un chisporroteo de calor en la piel. Gringolet se echa hacia atrás, maldiciendo, y se le cae la antorcha, que rebota en el suelo de piedra y se apaga.

Sigue habiendo mucha luz, pero ahora sale de mí.

—¡Ni un paso más! —les grito, oyendo crepitar mi voz como si se quemase.

Stubb y Gringolet retroceden con los ojos muy abiertos.

—Escúchame —dice él, con un gesto conciliador de las manos.

—¡Demasiado tarde! —grito.

Al dar un paso, tengo la sensación de que debería temblar el suelo. Estoy tan desesperado que, apretando los puños, me abalanzo sobre Gringolet y Stubb, quienes al intentar huir tropiezan entre ellos y con el pánico sueltan la otra antorcha. La pisoteo con los pies descalzos hasta apagarla.

Temporalmente cegados Stubb y Gringolet, me agacho y me rodeo el cuerpo con los brazos para que se apague el fuego. Se hace otra vez de noche.

Pero yo veo en la oscuridad. Me alejo con sigilo. Mientras Stubb y Gringolet corren a informar a su amo de lo que me han visto hacer, y a contárselo a toda mi aldea, sigo trepando hasta llegar a la repisa de piedra donde el dragón tenía su cubil y su botín de tazas. En este paraje frío y solitario, busco un sitio resguardado del viento y me escondo con la certeza de que no me encontrarán.

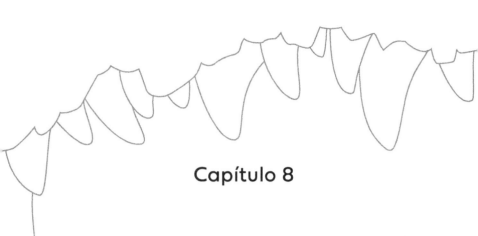

Capítulo 8

Me despierto encogido en la guarida del dragón, con mi saco de comida como almohada, en una mañana fría y gris. Me observan dos ojos dorados, con las pupilas como rajas.

Casi se me escapa un grito al incorporarme.

—Meee —bala la cabra Amapola, retrocediendo un poco sobre sus esbeltas patas.

—¿Qué haces tú aquí? —pregunto, un poco asustado por lo ronca que se me ha quedado la voz después de mis rugidos a Stubb y Gringolet.

—Meee —responde Amapola—. Meee.

Baja la cabeza para mordisquear un trocito de liquen en la roca.

Me froto los ojos, aún medio pegados por el sueño. Luego, sin levantarme ni salir de mi escondite, me giro a contemplar la vista. El cielo es una gran extensión de nubes gris oscuro. Sopla un viento glacial que me lanza algunos copos de nieve a la cara. El pueblo está muy lejos, pegado a la ladera. Los restos ennegrecidos de la casa de Shar desprenden manchas de humo oscuro. De las chimeneas de las casas de los otros aldeanos también salen cintas de humo. Reconozco en el camino, con su burro, la pequeña silueta de Tam del Panadero. Y al final de la aldea, la casa de papá. No se ha quemado. Papá está a salvo.

Me levanto y miró el suelo en que se apoyan mis pies. Es de una roca gris, gastada, algo resbaladiza, como si la hubiese pulido la panza del dragón. Hay varios trozos de tazas con flores azules esparcidos a mi alrededor.

Pasó justo aquí. Fue donde atacó el dragón a mi padre, siendo yo un bebé. Papá me tenía en sus brazos. El dragón lo quemó. A mí, en cambio, no.

¿Por qué?

Camino dando vueltas, intranquilo, mientras reflexiono.

¿Por qué, Rafi?

¿Qué es la huella del dragón? ¿Qué significa de verdad tenerla?

El dragón me hizo algo, seguro. Por eso no me quemo ni me afecta el frío. Por eso estoy siempre tan inquieto y físicamente me parezco tan poco a los demás. Por eso veo de noche y tan lejos. De aquí salió la extraña chispa de mi pecho.

Por otra parte, no puedo estar seguro de que los dragones no sean malos. Shar dice que no, pero no puedo descartarlo, porque el de Peña Dragón quemó a mi padre. Yo no me siento maligno, aunque bueno, supongo que a las malas personas les debe de pasar lo mismo… ¿Qué sabré yo de si soy malo o bueno?

Me giro lentamente hacia mi aldea y la observo. Desde esta altura parece minúscula, como si solo con tender los brazos pudiera protegerla en la palma de mis manos. Sin embargo, no puedo volver, porque me acusarían de haber quemado la casa de Shar, o quizá Gringolet y Stubb me harían prisionero para entregarme al señor Flitch. Tampoco puedo quedarme aquí arriba.

Llevo algo grande en el bolsillo. Me lo saco. Es el libro de Shar que salvé anoche del incendio. Es del tamaño de mi mano y el doble de grueso, con una encuadernación de cuero marrón agrietado. Tiene una esquina chamuscada. Lo meto en la bolsa que me dio papá y dedico una última mirada a mi hogar.

Mientras siento un hormigueo en los pies, ansiosos por moverse, las nubes se hacen aún más bajas, el viento arrecia y el aire se llena de copos de nieve. Mejor, porque con nieve no podrá subir el carro del señor Flitch por los empinados caminos que rodean Peña Dragón. Mi aldea estará fuera de peligro, al menos de momento.

Respiro hondo. Shar me pidió que encontrara al dragón.

Sé muy bien lo que tengo que hacer. Tengo que buscar mi verdad por el mundo, hasta averiguar qué significa la huella del dragón. Y tengo que encontrar al que tiene aquí su sitio, en las alturas de Peña Dragón.

Emprendo mi camino con el saco al hombro, preocupado, pero también profundamente excitado por lo de anoche. Lo más lejos que he estado nunca del pueblo es aquí arriba, en la guarida del dragón. Seré idiota, pero tonto no. He oído lo que dice la gente sobre el resto del mundo, y sé que hay islas, mares, montañas y otras cosas parecidas. El mundo es grande y ahora tengo la ocasión de conocerlo más.

Incluso puede que vea dragones.

Recorro a paso ligero una cresta que se aleja de Peña Dragón como un espinazo muy marcado, hasta enlazar con otra serie de montañas y valles. Para correr hay demasiadas piedras y el sendero es demasiado empinado, por no hablar de los vientos de tormenta que golpean mi cara, pero aprieto el paso al máximo, dejando el rastro de mis huellas y el de las pezuñas de Amapola, en un manto de nieve cada vez más grueso.

Camino mucho tiempo.

—Meee —dice Amapola, brincando a mi lado—. Meee, meee, meee —añade con más insistencia, hasta que caigo en que ya ha pasado una buena parte de la mañana y todavía está por ordeñar.

—Pobre cabrita…

Me la llevo a un sitio resguardado, entre dos rocas altas. Papá metió en el saco uno de nuestros vasos de hojalata. Lo saco, y mientras caen remolinos de nieve a mi alrededor, ordeño a Amapola y me bebo dos vasos de leche caliente. El resto de la leche la derramo en el suelo, para que no se le seque la ubre.

—Venga, vamos —le digo, guardando el vaso en el saco.

Después de caminar un día entero por la nieve, pasamos la noche a gran altura, en la falda de un risco nevado, oyendo los aullidos lejanos de los lobos. Por la mañana reemprendo mi camino y bajo hacia donde ya no hay nieve, sino una hierba áspera, marrón.

«Al otro lado de las montañas, siguiendo el río», me dijo Shar que estaba el pueblo de Barrow, donde es posible que haya un dragón.

Haciendo pantalla con la mano, mi agudeza visual me permite distinguir la vaga línea blanquecina de un camino que discurre por el fondo del valle, y a lo lejos, otra línea más oscura y sinuosa: un río.

Una vez que llego al camino, empiezo a cruzarme con muchos otros viajeros. Algunos tienen el pelo negro, recto como un palo; otros rojo, en tirabuzones, y otros largas trenzas adornadas con cuentas y trozos de cristal. Los hay con la piel blanca, o rosada, o marrón claro, o con pecas en toda la cara. Algunos tienen adornos complicados de tinta en las manos y el cuello. Sin embargo, ninguno se parece a mí. No hay nadie con el pelo como fuego y los ojos llenos de sombras. Ni con una chispa dentro que los haga distintos, la huella del dragón.

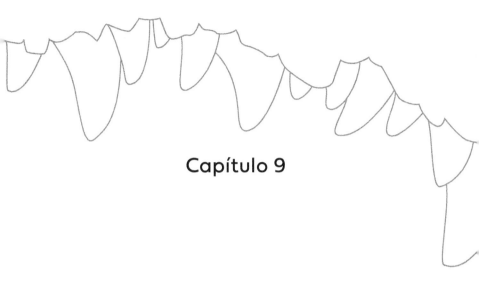

Capítulo 9

Al caer la noche, acampo lejos del camino. Hay luna llena. Saco de la bolsa el libro de Shar para echarle otro vistazo. La encuadernación de cuero tiene un tacto suave, muy gastado. Al abrirlo huelo a humo, y me acuerdo del incendio de la casa de Shar y las miradas de miedo de mis vecinos. Otra de mis peculiaridades es que veo en la oscuridad. Leer no puedo, pero estirando el brazo al máximo y forzando la vista, distingo una imagen borrosa. Aunque la primera página tenga toda una esquina chamuscada y consumida por el fuego, aún queda bastante para ver dibujado un animal. Su forma es la de una enorme y maléfica serpiente, con la cabeza grande, la boca llena de dientes afilados, alas como de murciélago y una cola con pinchos enroscada alrededor de lo que se supone que es oro acumulado. Un dragón.

Ya sé qué es: el libro de Igneous Ratch que le dio el señor Flitch a Shar. Viniendo de quien viene, dudo que sea bueno, pero quizá me ayude a buscar al dragón de nuestro pueblo y contenga alguna otra explicación sobre lo que comporta la huella del dragón. La pega es que no sé leer. Necesito encontrar a alguien que sí sepa.

Al llegar con Amapola a Barrow, veo que es un pueblo de ladrillo, con una calle principal pavimentada con ladrillos y bastante ancha para que quepan grandes carromatos tirados por caballos tan enormes que sus cascos tienen el tamaño de una fuente de comida. También la gente es grande, como si se pasaran el día acarreando cajas de ladrillos.

Busco un poco, y al final encuentro a alguien que me da conversación, una mujer muy mayor sentada en una mecedora a la entrada de una casa de ladrillo. No le queda ni un diente. Tiene la piel como de cuero, oscura, y lleva tres chales de lana, aunque no de tan buena calidad como las telas de papá. Los ojos con los que me mira parpadeando están cubiertos por una fina capa blanca. Dice unas palabras sobre el tiempo y me llama buen mozo. Yo me siento a escuchar al lado de la mecedora, sobre el escalón de piedra, y noto que me va impregnando poco a poco el calor de su presencia, como si estuviese al lado de una chimenea. Amapola está cerca, pastando. Después de oír la historia de Barrow y de las últimas tres generaciones de la familia de la anciana, encuentro un hueco para deslizar mi pregunta. Me contesta que en Barrow hace diez años que no hay dragón.

—Era precioso —añade—. Pequeñito, del tamaño de un perro, pero verde y dorado. Se pasaba el día revoloteando y posándose sobre los tejados. Daba buena suerte.

—¿Qué ha sido de él? —pregunto.

La mujer se balancea, parpadeando con sus ojos velados.

—No me acuerdo muy bien de qué pasó. Fue más o menos en la misma época en que vinieron los jefes con sus nuevas máquinas y pusieron en marcha el ladrillar. Corrían muchos rumores, pero en el fondo no acabó de saberlo nadie.

—¿Están las cosas peor desde que se fue el dragón? —pregunto.

Suelta una risita.

—Mira, niño, tengo noventa y tres años, y a los viejos siempre nos parece que en nuestra juventud todo era mejor. —Mastica un poco sus siguientes palabras—: Ahora mismo, para encontrar un dragón tendrías que probar en Coaldowns. Dicen que allá hay uno viejo y que les da muchos problemas, según cuentan.

Me explica que Coaldowns queda a otros cuatro días de camino.

En ese momento sale de la casa una mujer más joven, que me mira con recelo mientras ayuda a la anciana a levantarse.

—Vamos dentro, madre. —Le habla como a un bebé—. Es hora de cenar y de tu baño.

Le pasa un brazo por los hombros con gesto protector y se la lleva hacia la puerta.

—Qué niño más simpático —dice la anciana.

—Gracias —contesto; es lo que querría papá, que sea educado.

Luego intento sonreírle, pero la mujer joven da un respingo y su expresión, que empezaba a ser afable, se tiñe de temor. Estira a su madre por el brazo.

«Qué tonto eres, Rafi», me digo mientras bajo por la calle con Amapola.

Nada de sonrisas. Discreción ante todo.

En esas estamos Amapola y yo, dando un paseo por la calle principal de Barrow y sorprendiéndonos con todo lo que ofrece de interés un pueblo lleno de caras nuevas, cuando de pronto veo a un conocido. El grandote de allá, el del abrigo de cuadros y el sombrero redondo. Stubb. Por suerte no me ha visto. Me meto rápido en un callejón, entre dos casas de ladrillo.

—Meee —se queja Amapola.

—Shhh —le susurro.

Me agacho y, asomándome a la esquina, con el aliento de mi cabra en la nuca, veo que Stubb se aleja por la calle hasta encontrarse con otro conocido, Gringolet, con el gris ceniza que la distingue y una expresión feroz, como famélica. Se ha puesto más alfileres en la parte delantera del abrigo. Al ver a la pareja se aviva la chispa en mi interior, pero la sofoco. Ya sé qué hacen aquí. Los ha mandado el señor Flitch a perseguirme. No me han visto por pura suerte.

Hablan un poco. Luego Gringolet le arranca una bolsa de las manos a Stubb y se acerca a la pared de una taberna. Saca un martillo y unas cuantas tachuelas y clava un papel con un dibujo y algo escrito. Luego se guarda el martillo en una bolsa y entran los dos en la taberna.

—Espérame aquí —le digo a Amapola.

—Meee —contesta la cabra, que me sigue cuando salgo disparado desde el callejón hacia la pared de la taberna. Después de arrancar el papel que han colgado Stubb y Gringolet, me voy corriendo sin mirarlo. Las palabras no las puedo leer. En medio hay un dibujo borroso de un niño que debo de ser yo, medio bizco, con cara de malo.

Ya me imagino lo que dicen las palabras. Tal como me suponía, Flitch va a por mí. Es un hombre con mucho poder, el dueño de una fábrica. Solo con que Gringolet vaya colgando papeles como este y diciéndole a la gente que esté atenta a un niño de pelo muy rojo y ojos llenos de sombras, acabarán pillándome.

A partir de entonces, para protegerme, viajo solo de noche, durante el día duermo entre los matorrales. De camino a Coaldowns hay un cambio en el paisaje. Bajan las temperaturas y el aire empieza a oler a nieve. Las montañas, más bajas, están salpicadas de rocas negras, no del gris gastado que estoy acostumbrado a ver. En estas laderas no hay ovejas, como en casa.

Cada paso me aleja más de mi aldea.

Ya conocía la palabra «nostalgia», pero hasta ahora no entendía su significado. La añoranza de papá, de nuestra casa y de la aldea va formando en mi interior un hueco triste y desolado. Si estuviera en casa, papá se daría cuenta de que se me está estropeando la ropa y le daría a Tansy Pulgar tela nueva de lana fina para que me hiciera una camisa. También me recordaría que me pusiera los zapatos, ahora que es invierno. Echo de menos la comodidad de mi litera y el zum, rrr, pum pum del telar de papá. Incluso echo de menos lo ofendidas que se ponen las gallinas cuando meto las manos en sus nidos para llevarme los huevos.

Capítulo 10

—A quí no queremos a mendigos sucios —dice un hombre de Coaldowns, de cara arrugada y dientes marrones.

Me dice que es un vigilante. Se nota que aún no han pasado los sicarios de Flitch, porque su desconfianza es la normal, no la de alguien atento por si ve «un niño con la huella del dragón».

—O te vuelves por donde has venido —dice—, o acabarás como el último mendigo que pasó por aquí, sirviendo de expiación.

Se levanta, cerrándome el paso por una calle estrecha que conduce al pueblo.

En nuestra aldea no hay mendigos, y en cuanto a la «expiación», no sé qué es.

—Yo no pido limosna —le explico.

—Pues tienes toda la pinta —contesta él, cruzando los brazos sobre un pecho raquítico—. Es una de las leyes de este pueblo: están prohibidos los vagabundos, los lunáticos, los gorrones, los idiotas, los gitanos y los sucios mendigos, so pena de ser elegidos como expiación.

Señalo a Amapola.

—Tengo una cabra. ¿Has visto alguna vez un mendigo con una cabra?

Él se encoge de hombros.

—Lo estoy viendo. Además, eres raro. Que no, que no entras.

Como no serviría de nada mirarlo mal y menos sonreír, doy media vuelta y me alejo de Coaldowns, hasta que encuentro cerca del camino un arroyo donde lavarme la cara. Hace un frío que pela, pero gracias a la chispa de calor de mi pecho entro en el agua y sumerjo la cabeza sin que me moleste la temperatura. Una vez limpio, le pongo a Amapola una mano en el cuello y pruebo a entrar en el pueblo por otro camino. Esta vez, cuando me para otra vigilante, mantengo la cabeza baja y miento.

—Estoy llevando esta cabra al mercado.

Me deja pasar.

Coaldowns es un pueblo gris y sórdido. En sus alrededores se amontonan esquirlas de piedra negra y gris, y dentro todo es de pizarra oscura: desde las calles, invariablemente estrechas, hasta las casas en hilera, de fachadas lisas y tejados muy inclinados. Parece todo manchado de hollín y flota un humo que deja en la boca un sabor raro. Se oye un rumor lejano de engranajes y golpes metálicos. Solo nos cruzamos con un par de personas que nos ven pasar en un silencio que respira recelo.

Suena un pitido estridente, y de pronto las calles se llenan de gente que va con cestos al mercado y de obreros que vuelven a sus casas, cubiertos de polvo negro de carbón.

Nadie se para a hablar conmigo.

Se me está acabando el tiempo. Gringolet y Stubb no pueden andar muy lejos.

—Meee —bala Amapola, así que busco un callejón, encuentro uno entre dos altas casas de piedra, saco el vaso de hojalata de mi bolsa y me pongo en cuclillas para empezar a ordeñarla.

Al levantar la vista veo que en la embocadura de la calle hay un niño enclenque que nos mira. Es un poco más pequeño que yo y lleva un casco de cuero y ropa negra bastante sucia. El azul muy claro de sus ojos contrasta con su cara manchada de hollín. Parece hambriento.

—Mi cabra tiene mucha leche —le digo—. ¿Quieres un poco?

Entorna sus ojos claros.

—¿Eh?

Se ve tan poco en este sombrío callejón que quizá no se asuste por mi aspecto extraño. Le enseño el vaso de leche, lleno hasta el borde, donde me fijo que ya flotan partículas de hollín.

—¿Ves? Es leche.

El niño asiente. Luego entra despacio por el callejón, me quita el vaso de las manos y se lo acaba de un trago.

—Gracias —dice, devolviéndomelo.

Se gira para irse.

—¿Quieres más? —le pregunto.

Ya he empezado a rellenar el vaso.

—Vale —contesta él.

Por su forma de apoyarse en la pared, parece muy cansado.

—¿Vienes de trabajar? —le pregunto mientras ordeño a Amapola, cuyos ojos dorados parpadean observando al niño.

—Sí. Trabajo en la mina. Sacamos carbón para las fábricas. Llevo abajo desde antes de que se hiciera de día.

—¿Abajo? —pregunto al darle el vaso.

—Sí, bajo tierra, trabajando. —Bebe un largo trago y eructa—. Muy buena, esta leche. Muchas gracias.

Bebe un poco más.

Ni se me ocurre molestarme en preguntarle por dragones. ¿Qué pintaría un dragón cerca de un pueblo como este, con minas de carbón y casas de pizarra? Amapola me empuja por detrás de la rodilla con su hocico.

—Vale vale —le digo. Luego me dirijo al niño—: Estoy buscando dragones. ¿Hay alguno por aquí?

—Sí.

Ni siquiera le ha sorprendido la pregunta. Me lo quedo mirando.

—¿En serio?

—Sí. —Señala con el dedo—. Por ahí, entre los escombros, siguiendo por las rocas. —Se frota la boca con el dorso de la mano, dejando una parte más limpia—. ¿Eres un mendigo?

—Ya sé que lo parezco —respondo—, pero no lo soy.

Se acerca como si fuera a decirme un secreto.

—Pues con esta pinta de mendigo y preguntando por dragones, mejor que te andes con cuidado. Podrían pillarte para una expiación, aunque acaba de haber una.

—¿Qué es eso? —pregunto—. ¿Qué es una expiación?

Se encoge de hombros.

—Las minas se incendian sin parar, y dicen que el que lo provoca es el dragón. La expiación es como hacerle un regalo para que no se acerque.

Me devuelve el vaso vacío y se despide con un gesto de la cabeza.

Mientras hablábamos, las calles se han vuelto a vaciar. Salgo del pueblo al amparo de las sombras y me interno en los montes de piedra, o, como los ha llamado el niño, los escombros y rocas. Son pilas altísimas, iluminadas en algunos puntos por hogueras naranjas que arden a fuego lento. El aire está lleno de humo. Escalo una roca y me deslizo por el otro lado. Se está llenando el cielo de nubes, como si estuviera a punto de caer una lluvia muy fría. De vez en cuando veo charcos de agua teñida de un verde venenoso con grumos blancos de espuma en los bordes. Amapola olisquea el agua, pero no la bebe. Yo tampoco. Al cabo de un rato, el aire cargado de humo se infiltra en mis pulmones, haciéndome toser. Al pasarme una mano por la cara me la mancho de hollín. Debo de estar sucio de la cabeza a los pies, como el niño minero que he conocido en el pueblo. Hasta el pelaje de color canela de Amapola tiene una fina capa de hollín.

Llegamos a la base de una pila de escombros el triple de alta y ancha que las otras.

Aquí es donde encontraré al dragón.

La escarpada falda de la roca está recorrida en zigzag por un camino. Ya ha subido gente antes. Los del pueblo para las «expiaciones»: un regalo al dragón, como las tazas pintadas de azul que le obsequiaban los aldeanos de Peña Dragón al suyo. Tocando el trozo de taza que aún llevo en el bolsillo, empiezo a subir por el camino y hago rodar por la ladera piedras afiladas que rebotan estrepitosamente. Amapola me sigue muy segura, afianzando sus menudas pezuñas en la piedra resbaladiza. Ya me había fijado en que las cabras, cuando pueden elegir entre ir por piedra dura o hierba blanda, siempre eligen la piedra. Les gusta.

Por fin llegamos a la cima.

El cielo está cada vez más encapotado. Detrás de las nubes ha empezado a ponerse el sol. Dragones no veo, de momento. He llegado a una cima espaciosa, casi tanto como la de Peña Dragón. Gran parte de ella está ocupada por una oscura cueva de fragmentos de piedra, por cuya boca salen tentáculos de humo. Es muy profunda. El dragón debe de estar dentro. A unos diez pasos de mí, en la explanada de delante de la cueva, ancha y gris, veo una acumulación de piedras más grandes y redondas de color blancuzco. En el centro hay un poste de madera.

Atada al poste hay una niña.

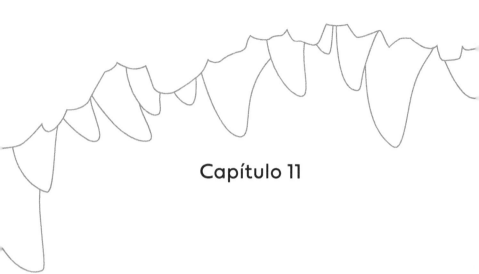

Capítulo 11

Comprendo de golpe que es ella, la expiación. Los habitantes del pueblo le han echado el guante a una mendiga y la han dejado aquí para evitar que el dragón les destroce sus minas. Es lo que me ha explicado el niño.

¿Qué esperan, que se la coma?

Se me acelera el pulso. Quizá sea la prueba de que los dragones, a pesar de todo, son malvados.

La niña atada al poste tiene la cabeza inclinada y los ojos cerrados. Es morena, con unas greñas negras muy rizadas. Lleva un abrigo negro demasiado grande y unas botas que no parecen de su número. Aún no me ha visto.

No quiero que se lleve un susto. Tampoco quiero alertar al dragón de mi presencia. Deslizo lentamente un pie por el suelo de piedra. Luego doy otro paso hacia la niña, sin hacer nada de ruido.

—¡Meee! —bala Amapola con fuerza.

La niña del poste levanta bruscamente la cabeza, y al verme pone cara de alegría.

—¡Eh, hola! —dice, medio afónica.

Tiene los ojos del color de la miel y la nariz pecosa. La ropa de debajo del abrigo —una camisa y unos pantalones— es de buena tela. Somos más o menos de la misma edad. Parece una niña de lo más normal.

—¿Vienes a rescatarme? —me pregunta.

—Cre… creo que sí.

Prefiero no decirle que en realidad vengo a ver al dragón. Me acerco al poste, pero atento a la cueva, mientras me sigue Amapola.

—¡Qué bien! —La niña se retuerce un poco—. Básicamente, de lo que se trata es de quitarme todas estas cuerdas. —Tiene los brazos pegados al cuerpo. La cuerda la ata con varias vueltas al poste—. Me pica horrores la nariz. —Hace una mueca—. ¿Sería mucho pedir que me la rascases?

¿Está atada a un poste frente a la guarida de un dragón y quiere que le rasque la nariz?

Señala a Amapola con la cabeza.

—Tienes una cabra muy bonita. ¿Te sigue a todas partes? Yo me llamo Mad… Bueno, Maud.

Mad Maud. Maud la Loca. Le pega bastante.

—Se ve que me han ofrecido al dragón como expiación.

Señala la cueva con la barbilla. Yo me giro un momento a mirarla.

—¿Está aquí dentro?

—¡Pues claro! —No parece muy asustada—. Aunque de momento no ha manifestado ningún tipo de interés por mí. —El tono casi es de decepción—. ¿Te interesan a ti los dragones?

—Sí —contesto.

Se oye tronar. El cielo se oscurece por momentos. Dejo mi bolsa en el suelo y busco el cuchillo que me puso papá para cortar el pan. Al encontrarlo, lo saco y me acerco para examinar las cuerdas que sujetan a la niña al poste. Tienen el grosor de mi muñeca y los nudos son muy fuertes. Los del pueblo no han querido arriesgarse a que se escapara. Empiezo a serrar las cuerdas con mi cuchillo para el pan.

Maud, mientras tanto, se retuerce para mirarme.

—Estate quieta —le digo.

Me observa fijamente.

—Nunca había visto unos ojos tan particulares.

Aquí llega el momento en el que asusto a la gente, así que aprieto la mandíbula y me concentro en la cuerda con los hombros rígidos, en espera de que Maud se ponga a chillar como Lah Buenhilo.

Se inclina para verme bien la cara.

—La parte blanca es normal, pero qué oscuros los centros... ¿Cómo entra la luz? ¿Ves mal de noche?

La miro fugazmente.

—No.

Podría decirle que veo en la oscuridad, pero no quiero que se emocione.

—¿Cómo se te ha puesto el pelo así, de color fuego? —pregunta.

«Grrr... Deja de mirarme, loca», pienso. El cuchillo secciona una de las hebras de la cuerda.

—Voy a tardar un poco.

—Ostras... —suspira y me vuelve a mirar—. Supongo que tendrás curiosidad por saber qué hago aquí.

—Mendiga no eres.

—Pues claro que no —dice con desdén—. Soy una científica.

—¿Qué es una científica? —pregunto mientras sierro.

La cuerda es tan gruesa y resistente que parece de madera.

Una mirada rápida por encima del hombro me informa de que el dragón sigue en su cueva.

—Los científicos son los que recopilan información y luego intentan darle algún sentido —contesta Maud.

—Vale —digo yo, sin darle mucho crédito.

Continúa hablando sin parar.

—Es que me interesan mucho los dragones, como a ti; de hecho, los estudio. Por eso he venido. ¿Pero sabes qué? —Abre mucho los ojos—. ¡Que a los de Coaldowns no les gusta nada que vayas a su pueblo y les hagas preguntas!

—No me digas —contesto.

Faltan pocas hebras para cortar toda la cuerda.

—Total —continúa ella—, que estaba preguntando cosas fáciles, sin molestar a nadie, no te creas, y ayer por la mañana van y me... ¡Anda! —Se interrumpe y se gira hacia la cueva—. Ya está aquí el dragón. ¡Hola!

—¡Meee! —bala Amapola.

Me giro hacia la cueva sin soltar el cuchillo.

Una luz gris y borrascosa va iluminando poco a poco al dragón.

El señor Flitch quiere que pensemos que los dragones son bestias enormes, crueles, voraces y peligrosas, con escamas impenetrables, cuernos, garras curvadas que cortan como cuchillos y anchas alas. Seguro que en el libro del señor Flitch pone que tienen un poder descomunal y que por sus fauces de dientes afilados brotan llamas venenosas.

Pues este dragón no es así.

Vendrá a ser el doble de grande que un caballo.

Bajo las escamas de su piel, de un gris de hollín, se le marcan los huesos, anchos y pesados. Tiene garras, sí, pero resquebrajadas y sin filo, y al salir de la cueva arrastra la barriga por las esquirlas de piedra. Tiene las alas plegadas en el lomo, como dos paraguas medio rotos. En su cuello de serpiente hay cordeles, hilos y cadenas finas de los que cuelgan al menos veinte relojes de pulsera o de pared. Al tenerlo más cerca oigo el tictac de los relojes y el ruido que hacen al chocar, un verdadero caos.

La costurera de mi pueblo se llama Tansy Pulgar, y por fuera su casa está cubierta de hiedra y de flores azules. Es una mujer mayor, que camina tiesa y encorvada a causa de un dolor de rodillas y espalda que empeora con el frío y la humedad. El dragón se arrastra igual, como si le dolieran los huesos.

Se para un momento y gira un trozo de piedra con la punta agrietada de una garra para examinarlo.

—Acumula relojes —susurra Maud—. Bueno, ya se ve.

Asiento, y de repente, con un escalofrío, me doy cuenta de que las piedras y palos blancos esparcidos alrededor del poste de Maud no son piedras y palos, sino cráneos y huesos humanos.

—Meee, meee, meee —se queja Amapola y huye hacia el camino que baja del montón de escombros.

Esta cabra es lista. Se da cuenta del peligro.

El dragón alza la vista y, con sus ojos henchidos de sombras, me ve. Sé que, a pesar de la vejez y los achaques, sigue siendo muy muy peligroso.

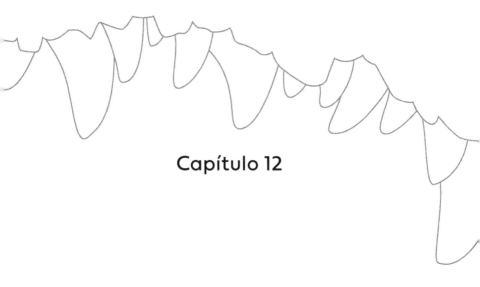

Capítulo 12

E l dragón se yergue bruscamente contra un cielo cada vez más negro, entonces su boca emite un rugido chirriante que resuena entre las rocas. La tormenta que está a punto de caer responde con un largo trueno.

A Maud se le escapa un grito.

—¡Yiip!

Forcejea e intenta deshacer la última cuerda que la tiene atada al poste.

—Si puedes, corre —le digo al ponerme delante, empuñando el cuchillo con firmeza.

Justo entonces el dragón emprende el vuelo y va ascendiendo al agitar sus alas, quebradizas y andrajosas. Luego gira y se lanza sobre mí, obligándome a poner cuerpo a tierra. Casi me roza la cabeza. El ruido que hace y el viento que levanta resuenan en mis tímpanos. Me levanto y me giro, dispuesto a plantarle cara.

Maud, mientras tanto, se debate sin cesar contra las cuerdas del poste.

Detenido en el aire, el dragón fija en ella un ojo rojo como el fuego.

—¡Aquí! —grito para distraerlo.

Mientras no deja de batir sus alas con estruendo, da media vuelta y, echando la cabeza hacia atrás, respira y arroja por sus fauces una ardiente bocanada. La bola de fuego gira por los aires hasta romperse a mi alrededor. Me tiro otra vez al suelo, doy un par de vueltas y me levanto de un salto.

El dragón toma aire por segunda vez, como si quisiera atacarme de nuevo con sus llamas, pero solo le salen unas cuantas chispas que llueven a mi alrededor como estrellas fugaces, y silban al tocar el suelo húmedo. Luego le fallan las alas, se escora y se estampa con fuerza contra el suelo. Apoyándose en sus garras, gira de golpe la cabeza hacia mí.

Ha logrado interponerse entre Maud, que sigue atada al poste, y yo.

—¡Déjala! —grito con todas mis fuerzas.

El dragón repliega sus maltrechas alas entre jadeos. Sus ojos, del tamaño de mis manos, son oscuros y están llenos de sombras. Sobre uno de ellos se desliza una membrana correosa —un párpado—, que luego se vuelve a retirar: ha parpadeado. Se me acerca con una lentitud casi penosa, rascando la roca con la panza.

Aprieto el cuchillo, preparado.

—¿Estás bien? —me pregunta Maud desde el poste—. ¿Te has quemado?

—Las llamas me han pasado justo por encima de la cabeza —miento—. No estoy ni chamuscado. ¿Puedes correr?

—¡Maldita sea, no! —grita ella—. Estúpida cuerda… No hay manera de partirla. Es una barbaridad.

El dragón vuelve la cabeza hacia Maud. Acto seguido se coloca de nuevo frente a mí, y se acerca para inspeccionarme.

—No quiero luchar contigo —le digo.

—MmmMMMmmm —canturrea él, echando un aliento tórrido que me hace toser, pero cuyo calor no me molesta.

Lentamente y con el cuchillo siempre a punto, lo rodeo para acercarme a Maud y el poste. El dragón se gira y me sigue. Su pesada cabeza, cubierta de escamas, parece, en lo alto de su largo cuello, la de una serpiente en posición de ataque.

Maud está mirándolo con los ojos muy abiertos, pero parece más fascinada que asustada.

Al llegar al poste, levanto el cuchillo para cortar el resto de la cuerda, momento en que el dragón se lanza al ataque y usa su gran cabeza para apartarme de Maud. Al caer al suelo se me escapa el cuchillo. Maud grita al ver que el dragón se acerca a mí y, sin darme tiempo de huir, me clava al suelo apoyando en mi pecho una zarpa de afiladas garras. Aunque me resista, no puedo quitármela de encima. Pesa mucho y está muy caliente. El dragón se apoya hasta hacer crujir mis huesos. Me quedo muy quieto, como un ratón bajo la zarpa de un gato, e intento aspirar suficiente aire en mis pulmones comprimidos. Mientras respiro con dificultad, fijo la vista en los profundos ojos de la bestia, busco en ellos un ser cruel y malévolo, pero no lo veo. Lo que observo es… tristeza. También vejez y cansancio. Este dragón es viejo, viejísimo. Lleva solo mucho mucho tiempo.

Tiempo. Lo que atesora es eso, tiempo. Colgados de su cuello, los relojes de bolsillo se balancean sobre mí con su ruidoso tictac: piezas de oro y plata, esferas relucientes de cristal tan cercanas que casi podría tocarlas.

El dragón gira la cabeza para mirar a Maud. Casi parece que quiera comprobar que no le pasa nada. Aaah. El cuchillo. Se ha pensado que iba a usar el cuchillo para hacerle daño a ella. Estaba protegiéndola.

Cómo pesa su zarpa… Intento tomar aire para hablar.

—Dragón —digo sin aliento—, yo no le iba a hacer nada.

Al oírlo retrocede. Luego, vuelve a acercar la cabeza y me escruta con sus profundos ojos. Me quedo quieto al recibir su aliento, caliente y fétido, que huele como a brasas apagadas.

—Lo que quería era cortar la cuerda para que pudiera irse —consigo explicar.

—No sirve de nada que le hables —me dice Maud—. No te contestará.

Justo entonces toma el dragón la palabra, con una voz grave, seca y ronca. Se acerca y me examina con un ojo enorme.

—¿Qué clase de animal es este?

—¡Oh! —exclama Maud desde el poste—. ¡Ha hablado! ¿Tú qué crees que ha dicho?

—Ya lo has oído —murmuro, muy atento al dragón, que sigue observándome.

Me muevo lo menos posible, a pesar de las piedras que se me clavan en la espalda.

—Sí, pero no lo he entendido —responde Maud. Un grito ahogado—. Cielo santo… ¿Tú, sí? ¿Lo has entendido?

Asiento lentamente.

Desde el poste, Maud hace un ruido de entusiasmo, una especie de «¡yiip!».

—¿Me dejarías levantarme? —le pregunto al dragón, esforzándome por no perder las formas.

Tras estudiarme un poco más, aparta de mi pecho la pesada zarpa. Me levanto enseguida y, con las manos en alto, para que se vea que no llevo nada en ellas, me aproximo lentamente a Maud.

—Dragón —le digo—, ya ves que Maud aún está atada al poste. No quiere que te la comas, como a las expiaciones anteriores.

El dragón se sienta entre los trozos de carbón, hundiendo en ellos su barriga de escamas, y hace un ruido que es como una mezcla de suspiro y gemido, mientras sale un hilo de humo sucio por uno de sus orificios nasales. Usando como gancho la punta de una garra, levanta un cráneo blanco.

—Los humanos a los que pertenecían estos huesos fueron atados al poste y se les dio veneno.

Aunque no frunza el ceño como las personas, me doy cuenta, sin saber muy bien cómo, de que está enfadado.

—El propósito de semejante acto era envenenar al dragón, pero como el dragón no come cosas tan pequeñas y blandas, no se comió el veneno. Por eso, mozalbete, ocurre lo que ves. —Tira el cráneo, que se aleja rebotando entre los trozos de carbón—. Se mueren y se convierten en huesos. —Su mirada se desliza hacia Maud—. Este pequeño ser humano, en cambio, no se muere.

—¿Está hablando de mí? —susurra Maud, entusiasmada—. ¿Qué dice?

Parpadeo.

—Pues… acaba de constatar que no estás muerta. —Me giro a mirarla un momento—. ¿Ha intentado envenenarte alguien?

Maud abre mucho sus ojos color miel.

—¡No!

—Creo que en principio deberías estar muerta. A las demás expiaciones las envenenaron para intentar matar al dragón cuando se las comiera. Cosa que no hace.

—¿Que no hace qué? —pregunta Maud.

—Comérselas.

Contesta con un sonido de burla:

—Pues claro que no se las come.

Me giro hacia el dragón.

—¿Me das permiso para ir a buscar el cuchillo y cortar los últimos cabos de la cuerda?

El dragón emite un largo y pesado suspiro. Maud grita un poco cuando pasa a nuestro lado la ráfaga caliente.

Interpretando el suspiro como un sí, recojo el cuchillo. Bajo la atenta vigilancia del dragón, corto lo que queda de las cuerdas y dejo libre a Maud.

A ella se le iluminan los ojos al levantar la vista hacia el dragón, a la vez que se masajea los brazos.

—Hazle preguntas. Pregúntale por los relojes que acumula. Pregúntale por qué vive aquí. Pregúntale por qué quema las minas de carbón. —Se para a respirar—. Ah, y pregúntale su edad. Es que tengo una teoría…

—Espera —la interrumpo. El dragón ha empezado a reptar con fatiga hacia su cueva. Lo sigo, resbalando en los escombros de carbón. Maud se queda esperando—. ¿Dragón?

—Llego jadeando al lado de la bestia—. Estoy buscando otros dragones. —Me tiembla la voz. La controlo—. Antes en mi aldea había uno, pero hace mucho tiempo que se fue.

Al oír la palabra «tiempo», se para, gira la cabeza y me mira fijamente.

—Mucho tiempo —repito—. ¿Me podrías decir...? —No sé muy bien qué preguntar—. ¿El de Peña Dragón era peligroso?

La bestia respira con dificultad, echando chispas y nubes de humo. De repente me planteo que quizá esté enfermo, incluso agonizando.

—¿Peligroso? —resuella con un tono que casi parece de desprecio—. Eso lo son todos los dragones, ignorante mozuelo.

—Quiero decir que si era peligroso para nosotros, para su aldea.

Al oírlo, el dragón se detiene y gira de nuevo la cabeza.

—¿O nos protegía? —pregunto.

Me lo quedo mirando largo rato. Yo creía que el primer dragón que encontrase sería enorme, un prodigio de fuerza y majestuosidad, sin embargo este no cumple para nada mis expectativas. Tiene poder, pero de otro tipo. Hace que me dé cuenta de lo tonto que he sido al cuestionarme si los dragones son «malos» o «buenos». Esas son palabras humanas. Los dragones no son buenos ni malos. Son dragones y punto.

También me doy cuenta de otra cosa.

—Ya hace mucho tiempo —digo al comprenderlo— que han empezado a desaparecer los dragones.

Me mira atentamente. También sus relojes me miran. Levantando la punta de una garra, los toca y hace que choquen entre sí, envolviéndonos en sus tictacs.

—El mundo está cambiando —continúo—. Es lo que me dijo Shar. Me contó que en el mundo de hoy en día ya no hay sitio para los dragones. —Sacudo la cabeza. La idea de un mundo sin dragones se me antoja triste y vacía—. Vuestro tiempo ha pasado.

—Tiempo —repite él.

Lo miro a los ojos; justo entonces hace algo: cambia de postura, haciendo que se intensifique el tictac de los relojes. Y por espacio de un solo segundo, el que va de un tic a un tac, se alivia el gran peso del tiempo que acarrea el dragón, y lo veo no como es ahora, gris y fatigado, sino como fue: orgulloso, alto, de un reluciente color plata, con músculos potentes que palpitan bajo su acorazada piel. Una cresta de púas y alas de gran envergadura y ojos como la noche y el fuego. Y en lo más hondo, en su fuero más íntimo, una chispa que brilla con más fuerza que cualquier sol o estrella.

Tac: el tiempo le da alcance, y el dragón vuelve a ser viejo y encorvado.

Pero ahora ya lo sé. Ahora lo sé.

Incluso este dragón viejo y cansado lleva dentro una chispa, una llama.

Como llevo yo una chispa en mi interior.

Tengo la huella del dragón. Y ahora sé por qué.

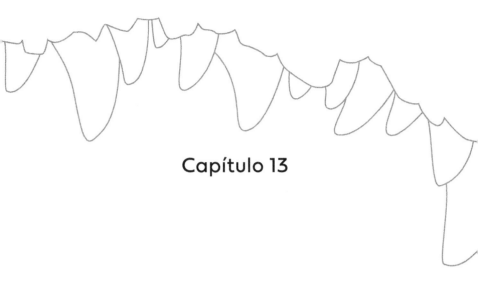

Capítulo 13

Cuando era muy pequeño, me escapé de mi cuna, gateé hasta la verja del corral y subí por la nieve hasta la peña más alta.

Qué ocurrencia.

Quizá ya me hubieran elegido antes de nacer, y me llamasen, y al llegar a la peña el dragón me entregase una pequeña parte de su chispa.

O quizá...

Quizá entonces ya me interesaran los dragones, y me pusiera a trepar por la roca, entre la nieve, y me quedara medio congelado, y el dragón, para salvarme, me diera un poco de su chispa. Para protegerme, que es lo que hacen los dragones.

O quizá ocurrieran las dos cosas: el dragón me llamó, y luego me salvó.

En cualquier caso...

Lo que siento, de pronto, es un alivio enorme. Si soy tan raro, tan distinto, es por algo. Hay un motivo por el cual no me quemo nunca y veo a oscuras, y todo lo demás. Si es verdad que me llamó el dragón, la razón era esta. Nada ha sido en balde.

El dragón se ha girado a mirar los páramos que se extienden hasta Coaldowns. El pueblo es una mancha borrosa de oscuridad y humo bajo un cielo muy nublado.

—Se supone que tengo que… salvaros. —Ya en el momento de decirlo me siento como un «ignorante mozuelo». Yo, un… ¿Cómo ha llamado antes el dragón a las personas? «Una cosa pequeña y blanda». De un simple niño como yo se espera que salve a los dragones—. Puedo hacerlo. O al menos intentarlo.

—Caigo en la cuenta de que ni siquiera sé cómo empezar—. ¿Qué tengo que hacer? —le pregunto—. ¿Adónde tengo que ir? ¿Sigo intentando encontrar a los demás dragones? Si logro salvarlos, ¿habrá alguno que ayude a mi aldea?

Él suspira cansado y sus fosas nasales sueltan un reguero de nubecillas de humo seco.

—La respuesta a sus preguntas la hallará el mozuelo en Skarth.

—¿Skarth? —repito.

—La ciudad. Los acantilados. Skarth. Ve allí.

—De acuerdo —contesto—. ¿Vendrás conmigo?

—No, mozuelo —resuella—. Este dragón tiene aquí su guarida.

Y se mete en su cueva, lentamente y con dificultad, arrastrando la panza por las piedras afiladas.

Estamos bajando de la montaña de escombros del dragón. A medio camino, Maud tropieza con una piedra y se cae de bruces.

—Estoy bien —dice.

Me acerco deprisa y la ayudo a levantarse, sin descartar del todo que se aparte, pero no.

Se levanta mirándose las palmas de las manos, cubiertas de sangre y arañazos. Justo entonces, las nubes deciden que ha llegado el momento de librarse de su peso y descargan un gélido aguacero a nuestro alrededor. Las manos de Maud gotean una mezcla de sangre, agua de lluvia y polvo de carbón.

—Ostras —murmura, limpiándoselas en el abrigo—. Bueno, este es el plan. —Respira hondo, como para serenarse—. He dejado mi equipaje y mis cosas en una posada de las afueras de Coaldowns. Vamos, cenamos tranquilamente y comentamos la jugada. —Se anima—. Tengo que preguntarte tantas cosas...

Apuesto a que sí.

Al llegar a la base del montón de escombros del dragón no encontramos ni rastro de Amapola. Por un lado, me corroe la inquietud por mi cabra; por el otro, no puedo entretenerme en ir en su busca. Tomamos un sendero que serpentea entre las pilas de rocas y de escombros. Falta poco para que se ponga el sol. En este mundo húmedo y desolado, parece que los únicos colores sean el gris y el negro.

Maud se arrebuja en su voluminoso abrigo y me mira de reojo sin dejar de caminar.

—¿Tú no tienes frío?

Iba a sacudir la cabeza, y a decirle que a mí el frío no me molesta, pero al final le suelto una mentira:

—Me estoy congelando —digo, rodeando mi cuerpo con los brazos y encogiéndome como ella, para que parezca que estoy aterido.

Maud se para de repente, con los ojos muy abiertos.

—¡Espera! —grita—. Esto es horrible.

Me da un vuelco el corazón. No me ha servido de nada mentirle. Ya se ha dado cuenta de lo raro y distinto que soy. Va a decirme que se lo ha pensado y prefiere que no la acompañe a la posada.

Se gira hacia mí. Le castañetean los dientes y tiene la cara mojada por la lluvia.

—Con lo amable que has sido y no te he preguntado ni tu nombre.

—Ah. —Me inunda el alivio—. Me llamo Rafi y soy hijo de Jos Cabelagua, el tejedor.

Maud sonríe efusivamente.

—Rafi Cabelagua. ¡Qué nombre más bonito!

Seguimos, dando un gran rodeo para no acercarnos al pueblo. Me giro por si veo a Amapola, pero nada, ni rastro. Al final de un trecho de hierba corta y marrón salimos a un camino encharcado. A la derecha, lejos, está el pueblo, un bulto negro y tiznado en el crepúsculo; a la izquierda se aplana el paisaje, convirtiéndose en una especie de gran ciénaga. Después de una dura y larga caminata, tan larga que mi estómago se queja de no haber almorzado, y hasta empieza a preocuparse por la cena, llegamos a un camino lleno de barro por el que no pasa nadie. Maud se para al borde.

Se le ha puesto grisácea la piel por el cansancio y la luz de sus ojos color miel está velada. Me doy cuenta de que llevaba atada al poste desde ayer, sobre el monte de escombros, y de que, por muy animosa que sea, seguro que algo de miedo habrá pasado. Se le han agotado de golpe todas sus fuerzas.

—Ahora hay que girar a la izquierda —dice con tono de cansancio—. Por este camino, en una o dos millas se llega a la posada.

Nos metemos por él. Yo lo único que veo, en la distancia, es que el camino no se acaba; sigue igual, lleno de socavones y rodeado de marismas.

—No entiendo que hayan construido la posada tan lejos de Coaldowns —dice Maud—. Será por lo mal que se respira con las minas. Francamente, sería más normal que hubieran dejado más distancia entre las minas y el pueblo. —Continúa hablando mientras caminamos, como si la impulsasen las palabras. Después de un rato mira hacia delante—. ¡Anda, pero si ya hemos llegado!

A un lado de un gran patio cubierto de charcos, hay un edificio grande que parece un establo, junto a él, muy apartada del camino, una casa baja de piedra con una hilera de ventanas en la fachada. Dentro hay mucha luz. Se ve correr a varias personas bajo la lluvia, entre el establo y la puerta principal de la posada, que al abrirse permite vislumbrar una gran sala repleta de gente. Se filtran risas y conversaciones. La idea de cenar algo guisado, rodeado de calor y buen humor, me hace sonreír.

Una sala repleta de gente.

—Venga, vamos a entrar —propone Maud con una mezcla de cansancio y alegría—. Estoy impaciente por entrar en calor. Además, tengo ropa y zapatos de recambio, creo que te irán bien.

Se va en dirección a la posada.

Yo no me muevo.

Se gira a mirarme.

—Venga, Rafi.

Sacudo la cabeza.

—En sitios así no puedo entrar.

Frunce el ceño y, tras echarle un vistazo a la posada, me mira otra vez.

—No digas tonterías, es una posada. Están acostumbrados a ver de todo. No va a haber ningún problema.

Dudo. Existe la posibilidad de que Stubb y Gringolet hayan hecho correr la noticia del «niño con la huella del dragón» al que persiguen por encargo del señor Flitch.

—Hacen un pastel de lebrato delicioso —dice Maud, tiritando.

Ha abierto mucho los ojos y le caen gotas de lluvia de las puntas de los rizos negros. Me doy cuenta de que le urge resguardarse de la lluvia y del frío.

—Vale —accedo al cabo de un momento.

Siempre puedo esforzarme por pasar desapercibido.

—¿Has probado alguna vez el pastel de lebrato? —me pregunta Maud mientras cruzamos el patio lleno de charcos.

—No sé ni qué es un lebrato —contesto.

Mi estómago se queja. Subimos a un porche cubierto y entramos en la posada. Maud cierra la puerta.

Es una sala de techo bajo en la que hace calor. Huele a lana húmeda, sudor y guisos. En las mesas, redondas, se codean hombres, mujeres y unos cuantos niños. Hay una chimenea bien alimentada. Los abrigos y capas repartidos a su alrededor, por varias sillas, desprenden vapor a medida que van secándose. Suenan con fuerza las conversaciones y las carcajadas. El suelo que piso está pegajoso, como si se hubiera caído algo y no lo hubieran limpiado. No veo a Stubb ni a Gringolet, a pesar de que miro atentamente.

—¡Ahora mismo estoy con usted, señorita! —dice una mujer de pelo gris que pasa a toda prisa con una bandeja llena de cuencos humeantes.

Maud me sonríe.

—Un lebrato es una cría de liebre, Rafi. La preparan en pastel, con zanahorias y una salsa deliciosa. —Se quita el abrigo mojado—. Creo que es mejor que nos cambiemos antes de empezar a comer. —Mira mis pies descalzos—. Debes de estar congelado.

—Bueno, aquí estoy —la interrumpe la mujer de antes. Se ha puesto la bandeja debajo del brazo y se limpia las manos enérgicamente con el delantal. Sonríe a Maud—. Esta noche nos tenía preocupados, señorita. Ya temíamos que no volviera a por sus cosas.

—Muy amable —contesta alegre Maud—, pero no hay nada que temer. Me distrajo algo. Creo que subiremos a mi habitación para cambiarnos. Luego querremos cenar.

—Con esta noche de perros, me imagino que también les apetecerá un té bien caliente —dice la mujer. Al mirarme se le borra la sonrisa—. ¿Y quién es este?

—Se llama Rafi Cabelagua —contesta Maud—. ¿Queda algo del pastel de la otra noche? Estaba buenísimo.

—Nooo… —dice la mujer sin quitarme la vista de encima, y me examina lentamente de los pies a la cabeza—. No, creo que no. ¡Alva! —dice por encima del hombro.

Levanta una mano para que no nos movamos de nuestro sitio.

—¿Qué pasa, Lil? —contesta una voz grave de mujer en la otra punta de la sala.

La gente ya no habla ni se ríe tan fuerte. Se están girando muchos a mirarnos.

Llega una mujer robusta, de brazos musculosos, que se pone al lado de la posadera.

—¿Qué me dices de este? —le pregunta esta última, señalándome.

Ya sé qué está pensando: «Diferente igual a peligroso».

Alva me examina con una mirada penetrante.

—Pues que es de los que dan problemas, Lil.

—Bueno, señorita, entonces usted puede quedarse —le dice a Maud la posadera—, pero él aquí no puede entrar.

Maud parpadea.

—¿Cómo? ¿Y eso por qué?

—No pasa nada —le digo yo en voz baja—. Sube, cámbiate y cena, que yo salgo.

—Sí que pasa —contesta Maud en voz alta—. Fuera te morirás de frío. Es una injusticia. —Se gira hacia las posaderas—. He pagado mi habitación y me queda dinero de sobra para la cena.

Lil señala la puerta con un movimiento de la cabeza.

—Sácalo, Alva.

La otra mujer, la corpulenta, me agarra del brazo, abre la puerta y me empuja.

—Anda, vete —me ordena—. Y al establo ni te acerques.

Oigo salir la aguda voz de Maud, que está gritando, y otras voces airadas. Después oigo un portazo.

Se ha hecho de noche. En el patio no hay nadie. Bajo del porche dando tumbos y se me empapa enseguida la cara por la lluvia. Las alegres ventanas, radiantes de luz, me miran fijamente desde la posada. Me quedo un momento sin moverme. La pequeña llama que hay en mi interior va reduciéndose a una chispa diminuta.

Me alejo despacio, arrastrando los pies. Al menos sé que soy así —diferente— por algo. «Menos da una piedra», me digo. Cuando llego al borde del camino, se abre y se cierra bruscamente la puerta de la posada. Oigo el chapoteo de unos pasos por el patio, al girarme veo a Maud, que se ha puesto otra vez su grueso abrigo, mojado por la lluvia, y lleva en cada hombro una pesada bolsa de cuero.

—Pero ¡qué gente más horrible! —dice, poniendo una en mis manos.

Me la quedo mirando sin soltar la bolsa.

—¡En serio! —Casi tiembla de rabia—. Yo en este sitio no me quedo. Después de semejante espectáculo… Ni por asomo. ¿Pero cómo se atreven?

La rabia la impulsa durante una milla del camino de regreso a Coaldowns, pero luego tropieza en un bache, y tengo que aguantarla por el brazo para que no se caiga en un charco.

—Ostras —murmura, y se encoge de hombros—. Menudo desastre.

—No pasa nada. —Descuelgo suavemente la otra bolsa de su hombro y me la cargo yo—. Tenemos que seguir.

—Ya, ya lo sé. —Le da un escalofrío—. Rafi, eres la mejor persona que he conocido.

Parpadeo. Se le han puesto rojas las mejillas y tirita de frío.

—Me parece que podrías tener fiebre —le digo.

Paso a encabezar la caminata nocturna. Cerca de Coaldowns encuentro un sendero que se aparta del camino principal. En el pueblo no podemos entrar. Solo serviría para que volvieran a usarnos de expiaciones y es posible que esta vez primero nos envenenasen. Parpadeo para quitarme las gotas de lluvia de los ojos y miro al frente. El sendero se aleja de la parte plana, la de las ciénagas, y sube haciendo curvas por unas montañas empinadas y rocosas.

—Por aquí —le digo a Maud.

Empezamos a subir. Maud sufre un nuevo tropiezo. La tomo de la mano y continúo.

Definitivamente tiene fiebre y está demasiado cansada para continuar. Me aparto las greñas mojadas de los ojos e intento ver algo a través de la lluvia. Un poco más arriba hay una forma oscura, difuminada por la niebla, que es muy espesa. Podría ser un refugio.

—Solo un poco más —le digo a Maud.

Al llegar descubro que la forma oscura es un pequeño y viejo cobertizo para ovejas, con tres muros de piedra seca y un tejado de paja mojado que se aguanta de puro milagro. Hay todo un lado expuesto a la lluvia y el viento. Maud no dice nada. La dejo apoyada en un muro y, tras apartar un fardo de paja mojada del rincón del mismo lado, uso la paja mohosa que queda para hacer un nido seco.

—Ven —le pido a Maud, llevándola dentro del establo.

Le quito el abrigo empapado, la ayudo a sentarse encima de la paja y la cubro otra vez con el abrigo. Luego me agacho delante de ella y aplico el dorso de mi mano a su frente. Tiene fiebre, sí.

—¿Tú no ti-ti-tienes frío? —me pregunta tiritando, mientras se aferra al cuello del abrigo.

Asiento (otra mentira) y simulo un escalofrío.

—Y hambre también —añado—. Y estoy preocupado por mi cabra.

—Oh, pobre cabrita, con este mal tiempo, a la intemperie... —dice ella con tristeza.

Me la quedo mirando un momento: tiembla de frío, enco-gida dentro del abrigo. Al haberme pasado toda la vida cui-dando de papá, sé muy bien cómo actuar. Busco en mi saco, pero solo hay una corteza de queso, el libro de Shar, mi cuchillo y mi vaso de hojalata. Mientras siga lloviendo, no podré hacer nada por Maud.

No, un momento, lo que aún tengo es la chispa, la de mi pecho, y si a mí me mantiene siempre en calor, tendrá el mismo efecto con ella. Aparto la paja y, tras sentarme junto a Maud, nos tapo a los dos con el abrigo. Mi calor se va exten-diendo. Noto que Maud se queda quieta, después de un último escalofrío. Luego suspira y se duerme con la cabeza en mi hombro.

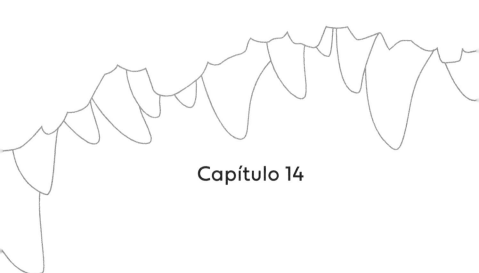

Capítulo 14

M ás tarde, en plena noche, me despierta un meee. Maud
sigue durmiendo a mi lado, encima de la paja. En el
umbral de nuestro refugio está Amapola. Verla me quita un
peso de encima. Está acompañada de otra cabra, más alta y
huesuda, con menos pelo y las orejas largas y caídas. Lo
curioso de las cabras es que nunca quieren ser la única cabra.
Quieren formar parte de un rebaño, y para eso, desde el punto
de vista de una cabra, vale con ser dos.

Me quito el abrigo de encima, asegurándome de que tape
bien a Maud, y salgo del refugio. Ya no llueve. Se ha despejado el cielo, pero las estrellas están escondidas detrás de un
manto de humo de hollín que se eleva a lo lejos desde
Coaldowns.

Me pregunto si estará bien el dragón del tiempo, si los del
pueblo habrán subido en busca de Maud, y qué habrán hecho
al no encontrarla en la estaca. Tal vez hayan pensado que se la
ha comido el dragón.

Me agacho para examinar a Amapola.

—Meee, meee —dice, medio contenta de verme, medio impaciente por que la ordeñe.

La otra cabra acerca el morro por curiosidad.

—Hola —susurro, tocando una de sus blandas orejas—. ¿De dónde sales tú?

—Meee —insiste Amapola.

—Vale vale —digo en voz baja.

Vuelvo al cobertizo y saco el vaso de hojalata de la bolsa. Después de llenarlo con leche de Amapola, caliente y dulce, me la bebo. Vuelvo a llenarlo y lo llevo al refugio con cuidado. Dejo el vaso en el suelo y sacudo el hombro de Maud para que se despierte.

—¿Quién es? —pregunta ella con voz de sueño, parpadeando en la oscuridad.

—Yo, Rafi —contesto.

Gira la cabeza hacia mi voz.

—¿Conozco a alguien que se llame Rafi? —pregunta.

—Sí —le digo—. Toma, leche.

Guío su mano hacia el vaso, luego hacia la boca.

—Mmm —dice ella, medio dormida.

Después de beberse la mitad, está a punto de soltar el vaso, pero lo atrapo a tiempo. Se duerme enseguida. Yo me acabo la leche, me meto otra vez debajo del abrigo y duermo hasta la mañana siguiente.

Al despertarme veo a Maud sentada contra el muro del refugio, con un libro en una mano y un trozo de queso de mi saco en la otra.

—Buenos días —me dice alegre, dejando su libro.

No, suyo no, mío. O de Shar, mejor dicho: el que me dio sobre dragones, y que le había dado a ella el señor Flitch.

Me incorporo, quitándome la paja del pelo.

—Buenos días —respondo.

Ella sonríe, burlona.

—Claro, eres Rafi, ahora me acuerdo. Por cierto, me encuentro mucho mejor. —Aparecen las cabras en la entrada del refugio, y Maud las mira con los ojos muy abiertos—. ¡Anda, pero si hay dos cabras!

Yo asiento y las señalo.

—La más pequeña es Amapola. La otra ha aparecido durante la noche.

—Qué fina y elegante —dice Maud—. ¿Cómo se llama?

—Fina no, que es macho —le contesto.

—Vale vale —se ríe Maud—. Elegante. ¿Qué te parece como nombre?

—Está bien —contesto.

Elegante es macho, Amapola hembra. Son de distintas razas, pero quizá puedan procrear y aumentar mi rebaño.

Ordeño a Amapola y saco el queso que queda. Maud habla por los codos: del refugio, de las cabras... Luego recoge el libro sobre los dragones y me lo enseña, agitándolo en el aire.

—Francamente, tengo mis sospechas acerca de este libro —dice con mala cara.

Dejo el vaso de leche a medio camino de mi boca.

—¿Ah, sí?

—Sí. ¿Qué clase de título es este, para empezar?

Echa un vistazo a la portada y lee el título en voz alta:

Guía de los dragones del mundo
que contiene una historia y un estudio
del aspecto, la conducta y los objetivos

de la especie draconiana

por el profesor

Igneous Ratch

del

Colegio de Filosofía Natural y Tecnicrastia,

Skarth

—¿Lo has leído? —me pregunta, pero no me deja tiempo de explicarle que no sé leer—. Yo he leído todos los libros que he podido encontrar sobre dragones, pero este nunca lo había visto. ¿De dónde lo has sacado?

—Se lo dio un tal Flitch, el dueño de una fábrica, a una amiga mía —aclaro.

Ella parpadea varias veces.

—Flitch. Increíble. Qué interesante.

—¿Lo conoces? —pregunto.

—No, claro que no —responde—. Además, ahora que he visto un dragón de verdad me inclino por pensar que el autor, este tal Ratch, no tiene ni idea de cómo son.

Dejo el vaso en el suelo.

—¿Y tú sí?

—Por supuesto. Ya viste al de Coaldowns —responde con las cejas arqueadas—. No se parece en nada a las descripciones de este Ratch. —Abre el libro por el final, buscando una página, y encuentra el pasaje al que quería referirse—. O esta, no sé. ¿Igneous es nombre de chica? Bueno, da igual, escucha.

Se pone a leer en voz alta:

En nuestros días, a diferencia de otros tiempos, los **dragones** *se han convertido en una especie rara. Ello no significa, sin* *embargo, que se hayan extinguido por completo, sino que, tras retirarse de los guaridas, madrigueras y cubiles en los que antaño moraban, hoy se dejan ver muy rara vez en tales sitios, y no son ya las nobles criaturas de los tiempos antiguos, sino que, al morar en los parajes de mayor desolación, de mayor abandono, se han convertido más bien en* **alimañas**, *en una* **peste** *para los seres humanos.*

Y así, cierto es que los dragones han caído en la ignominia, convirtiéndose en **bestias** *enormes, destructoras, taimadas, ladronas, codiciosas, nauseabundas, antinaturales, egoístas, despreciables, parásitas y traicioneras como ninguna otra.*

—Esta descripción no se ajusta en nada al dragón de Coaldowns —añade Maud—. ¡Era maravilloso!

—Sí, es verdad —reconozco.

—¡Encima el estilo es francamente horrible! —Lee un poco en silencio y resopla—. ¿«Xantodonte»? ¡Sí, hombre! —Lee un poco más—. «Escamiforme o pedicular». Por favor... ¿El profesor Ratch? —Pasa varias páginas—. Yo creo que hace ver que sabe de qué habla, pero que en realidad se lo inventa.

No se me ocurre nada que decir. Yo siempre había dado por supuesto que lo escrito en los libros tenía que ser cierto. Nunca se me había ocurrido cuestionarlo. En cambio Maud tiene un cerebro de esos que no se quedan en la superficie, sino que llegan a la verdad que hay debajo.

—Mi libro será mucho más exacto —me asegura.

—¿Estás escribiendo un libro? —pregunto—. ¿Sobre los dragones?

Ella arruga la nariz.

—¿Pero no te había dicho que soy científica, Rafi? —Asiente—. Yo creo que sí. Es lo que hacen los científicos. Estoy averiguando todo lo posible sobre los dragones y poniéndolo por escrito... —Mete la mano en una de sus bolsas y saca un pequeño volumen, encuadernado en cuero rojo—. Este es mi cuaderno de notas. Cuando haya averiguado de qué sirven los dragones, adónde se han ido todos y por qué se fueron, publicaré un libro.

Mientras acabamos de desayunar cortezas de queso y Maud lee en voz alta algunos «pasajes particularmente indignantes» del libro de Ratch, según sus propias palabras, el cielo vuelve a nublarse, y fuera del refugio empieza a caer aguanieve.

Hemos puesto a secar el abrigo encima de la paja. Las cabras descansan en el otro rincón. Maud deja el libro y va al borde del refugio para observar la vista de Coaldowns.

—Creo que es mejor no reanudar nuestro camino hasta que escampe.

—Buena idea —contesto.

Además, a las cabras no les gusta nada mojarse, así que de momento es mejor que nos quedemos.

Por otra parte..., aunque aún no hayamos hablado del tema, Maud es una verdadera científica, y dado que los dragones le inspiran la misma curiosidad que a mí, tengo la esperanza de que me acompañe a Skarth, que es adonde me dirigió el dragón del tiempo. Antes, sin embargo, tengo que dejar zanjada una cuestión, sobre todo después de lo ocurrido en la posada.

Carraspeo.

—Maud, ¿tú qué ves cuando me miras?

Se gira y se encoge de hombros.

—A un amigo.

Retengo un momento en mi interior esa palabra, «amigo», porque hace mucho que no la oía.

—No, me refiero a mi cara.

Siendo Maud como es, se toma la pregunta en serio y le aplica toda su capacidad mental. Se me pone delante, en cuclillas.

—No, Rafi, no apartes la mirada —dice—. No me das miedo.

Me examina atentamente y se acerca un poco más para mirarme a los ojos. Yo pongo mala cara. Que se atreva a decir algo.

—Para —me ordena. Levanta la mano para tocarme un mechón de pelo y frotarlo entre sus dedos—. Mmm. —Vuelve a echarse para atrás—. Supongo —dice lentamente— que lo que me preguntas es por qué la gente se da cuenta enseguida de que no te pareces a ellos. Es lo que te pasa, ¿no? Como ayer por la noche, en la posada.

—Sí —respondo—, es eso.

—Una de las razones es el pelo. Yo ya había visto a gente con el pelo un poco rojo, pero no de este color. El tuyo se parece más bien al de las brasas. La primera vez que te vi sobre la montaña de escombros del dragón del tiempo tenías la luz detrás, y parecía que se te estuviera quemando el pelo. —Me sonríe, de esa manera tan suya—. Solo con este pelo ya asustarías a más de uno. —Me somete a un nuevo examen—. Luego está tu cara. —Me quedo quieto, mientras Maud desliza las yemas de sus dedos por mis pómulos, hasta que me da unos golpecitos en la nariz y la barbilla—. La tienes afilada. A mí me parece agradable —se apresura a añadir—, pero no se parece del todo a la de nadie. Es feroz. —Se encoge un poco de hombros—. Tampoco ayuda que estés siempre tan serio. De vez en cuando podrías intentar sonreír, ¿no?

—Ja —contesto sin hacerlo.

—¿Te importaría explicarme el comentario? —me pide ella.

—Sí.

Si me acompaña, ya se enterará de lo que pasa cuando le sonrío a alguien.

—Luego está tu forma de moverte. —Maud se levanta de un salto y da unos cuantos pasos, ligeros y veloces—. Así. —Luego sacude la cabeza—. No, así no. Parece que puedas salir volando en cualquier momento, hasta cuando caminas sin ir a ningún sitio. —Continúa—: Pasemos a lo más evidente, que son tus ojos. No es solo que los centros sean oscuros, es que tus ojos… —Se encoge de hombros—. No sé si soy capaz de describirlos. La parte oscura de tus ojos no es marrón o negra: es de oscuridad. Casi parece que absorba la luz. —Se acerca un poco más, mientras se le suaviza el tono. Yo me quedo muy quieto, sintiendo en la cara el calor de su aliento—. Hasta ahora no me había dado cuenta. —Se mueve para examinar mis ojos desde varias perspectivas—. Dentro hay algo, Rafi. Muy adentro. Una chispa.

Parpadeo, rompiendo la magia del momento.

—Ya lo sé.

—¿Qué es? —pregunta Maud.

Medito con sumo cuidado la respuesta. Maud es científica y está obsesionada con los dragones. Como se entere de que llevo dentro la chispa de un dragón, ya no me verá como a un amigo, sino como algo científico que estudiar, un espécimen.

—¿Bueno, qué? —dice para que hable—. ¿Qué pasa con la chispa?

Le miento.

—No sé qué es.

—Yo tampoco —contesta ella. Arruga exageradamente el entrecejo—. ¡Qué poco me gusta no saber! —Vuelve enseguida a sonreír—. Yo creo que todas estas cosas (los ojos, el pelo, los huesos, la cara) la mayoría de la gente no se para a clasificarlas, Rafi... La impresión de conjunto es «rara», «diferente», y ya está.

—Y a la gente lo diferente no le gusta —digo.

—No —reconoce Maud con un suspiro.

Entonces me doy cuenta de que ella también lo es y de que serlo la ha convertido en una vagabunda. Como yo.

—¿Querrías venir conmigo a encontrar a los dragones? —le pregunto.

Su sonrisa es tan luminosa que deslumbra.

—No hacía falta ni que me lo preguntaras, Rafi. Por supuesto que iré.

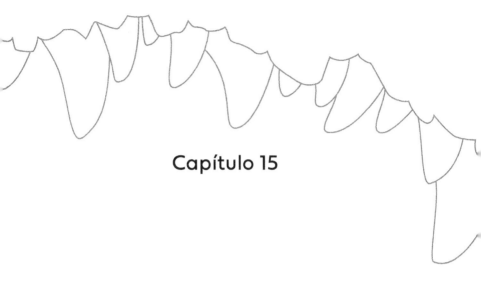

Capítulo 15

Está bien tener una amiga, pero lo primero que hacemos es discutir sobre el siguiente paso.

—Tenemos que ir a Skarth —le digo a Maud mientras hurga en una de sus bolsas.

—Rafi, en Skarth no hay dragones. Es una ciudad. ¿Te acuerdas de lo que pone en el libro de Igneous Ratch sobre los dragones? —Lo cita de memoria—: Tienen sus guaridas «en los parajes de mayor desolación, de mayor abandono». Tenemos que ir en la otra dirección: al norte, donde es así el paisaje, «desolado». Y «abandonado».

—Pero si has dicho que tenías tus sospechas sobre el libro —protesto—. ¿Ahora te parece que dice la verdad sobre dónde podemos encontrar dragones?

Maud saca una camisa de la bolsa, le echa un vistazo y la deja en el suelo.

—Skarth queda demasiado lejos de nuestro camino.

—Pero Maud, si nuestro camino es justamente Skarth —la rebato—. Es adonde tenemos que ir. Lo dijo el dragón.

Se queda muy quieta.

—¿Lo dijo el dragón de Coaldowns?

—Te lo aseguro —le contesto.

—Ah —dice con un hilo de voz—. ¿Qué dijo exactamente?

—Le hice varias preguntas sobre los dragones —explico—, las mismas que te haces tú, y dijo que las respuestas las encontraría en Skarth.

Maud arruga la nariz.

—Bueno, pues nada. —Suspira con fuerza—. Supongo que habrá que ir a Skarth. —Se le escapa una de sus sonrisas relámpago. Es como el clima en Peña Dragón: de repente se nubla, luego sale el sol—. Pero no vamos a dar ni un solo paso hasta que estés presentable, en vez de andrajoso, como ahora —dice, mirándome de arriba abajo—. Llevas la ropa quemada y llena de agujeros, Rafi. Te aseguro que no te beneficia.

—Tienes razón —admito.

—Pues claro. —Maud busca en su bolsa hasta que saca una gorra—. ¡Toma, ponte esto! —Se la plantifica encima de sus rizos—. Y esto también. —Enseña la camisa que ha sacado antes—. Y esto. —Saca unos pantalones y una chaqueta—. Ah, y zapatos.

También saca un par de la bolsa.

—¿Para qué llevas tantas cosas? —le pregunto.

Me he fijado en que a ella le iría todo grande, aunque es ropa bien cortada y de muy buena tela.

—Siempre viajo preparada para cualquier imprevisto —dice con tono cursi.

—A ver si lo has robado en algún tendedero… —bromeo, sabiendo que no es verdad.

—¡Rafi!

Se quita la gorra y me la tira. Yo la esquivo, dejando que aterrice en la cabeza de la nueva cabra. Mientras Maud se ríe, trepo por la paja mohosa y levanto la gorra de los cuernos de Elegante antes de que empiece a comérsela. Luego me la pongo muy calada, para tapar al máximo mi pelo rojo brasa.

Todo me va bastante bien, incluidos los zapatos. No me olvido de sacar el trozo de taza que encontré en Peña Dragón, el de la flor azul pintada, y guardarlo en el bolsillo de mis nuevos pantalones. Acto seguido hacemos nuestros respectivos equipajes, nos echamos las bolsas al hombro y, tras cerciorarnos de que las cabras están listas, emprendemos nuestro camino. Luce el sol. La lluvia ha limpiado el aire a fondo. Dejando atrás Coaldowns, con su oscuridad y su hollín, ponemos rumbo al este, a Skarth.

Los dos tenemos hambre de algo más que de un vaso de leche de cabra, así que al llegar a la posada —la misma de donde me echaron— hacemos un descanso. Al principio, Maud no quiere volver a ver a esa «gente horrible», pero le digo que tengo demasiada hambre para que me importe de dónde procede la comida. Espero en el camino a que entre y compre lo que haya.

Tarda poco en salir, pisando fuerte.

—Ya tengo la comida —anuncia con tono brusco—. También me han echado un sermón sobre que hay que tener mucho cuidado con la gente que se conoce en el camino. Se referían a ti, por supuesto. Menudos idiotas... —Me da un paquete envuelto en papel—. Pastel de carne. Seguro que está buenísimo. —Su sonrisa vuelve de forma tan repentina como cuando sale el sol tras una nube gris—. ¡Venga, a caminar!

De camino conversamos. Maud tiene opiniones rotundas sobre todo: desde los hábitos personales del profesor Ratch, el autor del libro sobre los dragones, hasta cómo está construida la carretera, pasando por qué cultivos crecen mejor en la tierra encharcada por donde pasamos. Ha leído cientos de libros, cosa que me lleva a preguntarme por qué va sola por el mundo.

—Pero si no voy sola —me contesta, antes de meterse en la boca un trozo de manzana seca—. Voy contigo, Rafi.

Nos hemos sentado en un murete de piedra que bordea el camino y estamos viendo cómo comen hierba las cabras.

—¿De dónde eres? —pregunto.

—Bueno… —contesta ella con un vago gesto de la mano—. De por ahí. Como tú.

Parpadeo.

—No, como yo no. Yo soy de una aldea que hay cerca de Peña Dragón. —Me oriento y señalo—. Queda a unos tres días de camino, en esa dirección —explico.

Lo curioso es que siempre sé dónde queda exactamente mi aldea.

—Pero ahora eres un pobre huérfano sin hogar, ¿no?

Maud pone cara de tristeza, descolgando la mandíbula.

—No, mi padre aún vive en la aldea —digo, sorprendido—. ¿Tú eres una huérfana sin hogar?

—No exactamente —contesta Maud, apartando la vista y parpadeando—. Háblame de tu familia.

—Solo tengo a mi padre —le digo.

Se nota que a ella no le apetece nada hablar de la suya, así que mientras acabamos de almorzar, le explico cosas de papá, que nunca he tenido madre y le describo las laderas pedregosas de Peña Dragón y el pueblo y todos sus habitantes: John Herrero, el de las veletas intrincadas, Tandy Pulgar, con su casa llena de flores azules, la vieja Shar, Tam del Panadero...

—Debes de tenerle mucho cariño a tu aldea —dice Maud, un poco melancólica, o al menos es la impresión que da.

Asiento.

—La verdad es que sí.

Hay algo de lo que no hablo. Yo también tengo mis secretos. No le explico la razón de que haya tenido que irme de mi pueblo, ni que me persiguen Stubb y Gringolet. Tampoco le cuento que el frío y el fuego no me afectan, ni que veo en la oscuridad. No le explico lo que averigüé por el dragón de Coaldowns sobre quién soy y qué se espera de mí. Maud solo sabe que soy como ella: solo me interesan los dragones porque son bonitos.

Vaya, que en nuestra conversación hay dos grandes lagunas. Ambos sabemos que existen, pero ninguno de los dos dice nada sobre ellas.

Capítulo 16

M aud, las cabras y yo caminamos un día más. Ahora hay más tráfico de gente, a pie, a caballo o en carros y carruajes de caballos o mulas. Al día siguiente, por la tarde, oigo un lejano chu chu chu. Los que comparten con nosotros el camino lo abandonan corriendo al oírlo. Un caballo resopla y trata de escaparse. Su jinete le dice unas palabras tranquilizadoras y lo lleva a la hierba. Amapola y Elegante se refugian en el prado más cercano. De repente lo oigo: es como un traqueteo, un estruendo que no deja de aumentar.

«Un dragón», pienso al principio, porque delante hay humo y nubes de vapor, pero al acercarse se dibujan unas ruedas de metal, que saltan por los baches del camino. Pasa por nuestro lado a sacudidas, repiqueteando con tal fuerza, soltando unos bufidos tan descomunales que me duelen los tímpanos. Es una especie de carro con una ancha cuba de cobre llena de remaches que brillan, varas que suben y bajan, engranajes engrasados que giran sin parar y una chimenea corta que expulsa humo como si eructase. Veo fugazmente a dos mujeres sobre un asiento alto. Una lleva un sombrero en la cabeza y la otra, una vara metálica en la mano, supongo que para conducir. Ya no están. Queda un remolino de humo y polvo que poco a poco se asienta en el camino.

—¿Qué ha sido... eso? —pregunto.

Maud tose, apartando el humo con la mano.

—¿No habías visto ninguno?

Sacudo la cabeza sin apartar la vista de la cosa que se aleja traqueteando.

—Es un carro de vapor —me explica Maud—. ¡Que no os hará daño, cabras tontas! —regaña en broma a Amapola y Elegante, que ya regresan al trote.

—¿Cómo se mueve? —pregunto.

—Tiene un motor impulsado por vapor y alimentado con carbón. Al quemarse, el carbón hace que hierva el agua, y el vapor caliente acciona el motor. —Maud se encoge de hombros—. La verdad es que no entiendo muy bien cómo funciona. En este tipo de zonas los carros de vapor se ven poco debido a lo malas que son las carreteras, pero donde hay montones es en..., bueno, en algunas ciudades.

—Un motor impulsado por vapor y que funciona con carbón —repito, acordándome de lo que dijo Shar sobre las fábricas del señor Flitch, las que hacen tela de algodón barata—. ¿Es verdad que las fábricas también funcionan con vapor?

—S... sí —contesta Maud, parpadeando un par de veces, y empieza a hablar de una flor amarilla que crece justo al lado del camino.

A medida que nos acercamos a Skarth, empezamos a cruzarnos con enormes carros tirados por caballos de un tamaño que yo nunca había visto. Forman largos convoyes, que transportan algo bajo lonas sucias. Los que pasan en sentido contrario están vacíos.

—Carbón —me dice Maud.

Skarth, me explica, es un «centro industrial». Se referirá, supongo, a que está lleno de fábricas que se comen el carbón y luego escupen nubes de humo negro.

Hay una idea que me ronda desde hace un rato. Las fábricas de Skarth funcionan con carbón, puede que incluso con el carbón de las minas de Coaldowns. Minas que no se cansa de atacar el dragón del tiempo. El mismo que me dijo que la respuesta a mis preguntas estaba en… Skarth. Los dragones, las fábricas, el carbón… De alguna manera tienen que estar relacionados.

Muy entrada ya la tarde, llegamos a lo alto de una colina y nos paramos a contemplar la vista. La ciudad tapiza todo el valle extendido a nuestros pies. El sol se acerca a los riscos lejanos y por encima de todo flota una espesa capa de bruma. Sobre el manto de niebla despuntan centenares de chimeneas altas, como dedos oscuros que apuntan al cielo y lanzan remolinos de humo negro por sus puntas. De este lado de la ciudad traza una curva un ancho río, pintado de plata por la luz de la tarde, y cubierto de gabarras —más carbón— y otras embarcaciones más pequeñas. En la ciudad, donde han empezado a encenderse las luces de los edificios, confluyen varias carreteras más. También hay otras luces: fuegos como gigantescos hornos y llamas en las puntas de algunas chimeneas.

Amapola choca con mi pierna por detrás.

—Meee —bala, quejándose de que ya hace tiempo que debería haberla ordeñado.

Maud se ha quedado mirando la ciudad extendida ante nosotros.

—¿Estás seguro de que no hay más remedio, Rafi? —pregunta con un leve temblor en la voz.

—Sí. —Respiro hondo—. ¿Te acuerdas de que te hablé de un tal señor Flitch?

Pestañea deprisa.

—El que le dio a tu amiga el libro de Igneous Ratch. Sí, me acuerdo.

Traga saliva.

—Pues no puedo… —No sé cuánto contarle—. Al señor Flitch no le caigo muy bien, y me…

—Ah, pero ¿lo conoces en persona? —me interrumpe Maud—. Creía que… —Sacude la cabeza—. Da igual, sigue. Al señor Flitch no le caes bien. ¿Qué más?

—El caso —continúo— es que Flitch es de aquí. —Señalo la ciudad—. Vive en Skarth.

Se le alegra la cara.

—¡Ay, ya te entiendo! Vaya, que no puedes entrar tan tranquilo en la ciudad y ponerte a buscar… —Se encoge de hombros—. Eso que le parece al dragón de Coaldowns que encontraremos aquí.

—Dragones —le digo—. Estamos buscando dragones.

—Sí, claro, estamos buscando dragones —afirma impaciente. De repente abre mucho los ojos—. Un momento. Espera, espera, espera. —Me agarra por el brazo—. Rafi…, ¿me estás diciendo que aquí hay un dragón, en Skarth? —Sacude la cabeza—. No puede ser. Imposible.

—Seguro al cien por cien no estoy —reconozco—, pero el dragón de Coaldowns nos dijo que viniéramos aquí.

—Añado algo más—: También habló de unos acantilados.

—¡Ah! —exclama Maud—. Ya lo sé... —Cierra la boca de golpe y parpadea dos veces—. Acantilados —dice con más cuidado—. Tendremos que entrar en la ciudad y buscar acantilados.

No digo nada, pero empiezo a tener mis sospechas sobre una de las cosas que no quiere contarme Maud. Lo de que era «de por ahí» era mentira. Parece que conoce Skarth. Incluso puede que sea de aquí.

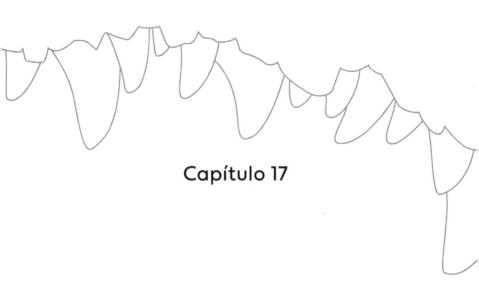

Capítulo 17

Ya con el sol detrás del horizonte, mientras descendemos hacia Skarth, las cabras se pegan más a mí. Las casas van haciéndose más grandes, menos espaciadas, y la carretera de tierra sembrada de baches se convierte en una calle adoquinada. Pasan dos carros de vapor seguidos. Huele mucho a humo y se oye con fuerza un rumor de esos que no corresponden a nada en concreto, como voces, ruidos de fábrica o traqueteo de ruedas de carro por las calles; es todo eso y al mismo tiempo.

—¿Cuánta gente vive aquí? —pregunto mientras recorremos una calle oscura, bordeada de altos edificios de ladrillo. Hay luz en todas las ventanas. Las cabras nos siguen al trote.

Maud se encoge de hombros.

—Pues supongo que varios cientos de miles.

No sabía yo que hubiera tanta gente en todo el mundo, y menos en una sola ciudad…

Yendo por una calle estrecha, se me planta delante un niño con harapos y la cara sucia, haciéndome chocar con él.

—Oye, tú, mira por dónde vas —se queja.

—Meee —tercia Amapola.

Otro niño andrajoso choca con mi espalda y me da un empujón.

—Muévete.

Yo le devuelvo el empujón mientras se aviva mi chispa.

Maud se acerca más a mí.

—Rafi... —me avisa.

Al mismo tiempo, alguien choca con ella y le hace perder el equilibrio. La sujeto por el brazo y me giro para fulminar con la mirada a los dos andrajosos, pero ya no están.

—Esta parte de la ciudad no es de las mejores —me explica ella, a la vez que vuelve a colgarse la bolsa del hombro—. Ven, que por aquí disimulamos más.

La miro con mala cara y pienso que se divierte más de lo que debería.

Ella sonríe y, encogiéndose de hombros, tuerce por una esquina que da a una calle aún más estrecha y oscura. Las cabras nos siguen.

—Aquí —señala Maud. De una ventana sucia y poco iluminada cuelga un letrero escrito a mano—. «Se alquilan habitaciones» —lee—. No es que sea muy bonito, pero podemos pasar la noche aquí, cenar algo y mañana buscar los acantilados.

Sube por una escalera de piedra que lleva a la pensión. Yo la sigo, dejando que las cabras maten el hambre con cualquier basura que encuentren.

Dentro hay un pasillo oscuro con olor a col hervida y camisas sudadas. Sale de la penumbra una mujer de aspecto cansado y pelo lacio, de color castaño.

—¿Queréis habitación? —pregunta y añade sin dejarnos contestar—: Se paga por adelantado. Seis chelines.

—Perfecto —dice alegremente Maud.

Deja la bolsa en el suelo y busca algo. Hasta ahora ha tenido dinero para pagarlo todo, monedas de plata y oro que guarda en un monedero grande de piel.

—Qué raro... —dice lentamente—. Creía que lo había puesto en... —Traga saliva. Luego se pone de rodillas y empieza a sacarlo todo de la bolsa: las camisas, los libros, un peine, unos calcetines de recambio... No está el monedero. Me mira con los ojos muy abiertos—. Los niños de antes, los que han chocado contigo. Eran carteristas.

Tardo un poco en entender lo que me dice. En Peña Dragón no hay ladrones.

—¿Te han robado el monedero? —pregunto.

—Si no podéis pagar, fuera de aquí —dice la mujer, señalando la puerta con un gesto brusco de la cabeza.

Maud se levanta.

—Es que...

—Fuera —repite la mujer.

—Ven —le digo a Maud.

Nos vamos de la pensión y salimos a la calle, oscura y maloliente.

Maud se ha quedado lívida de preocupación. Habla con los labios rígidos. De repente ya no es una aventura.

—Rafi, no tengo nada de dinero. —Se para a respirar entrecortadamente—. Ni un penique. ¿Qué vamos a hacer?

—No lo sé —le digo—. Es la primera vez que estoy en una ciudad.

—Tendremos que buscar dónde dormir.

Maud mira a su alrededor como si nos esperase una cama libre en medio de la calle.

—¿Seguimos? —pregunto.

Me sonríe, cansada.

—Vale.

Al deambular por la ciudad pasamos al lado de enormes edificios de ladrillo con hileras de ventanas y gruesas chimeneas que eructan nubes de humo negro. Solo alguna que otra farola disipa la oscuridad de las calles, o una hoguera en una pila de basura, rodeada por un corro de figuras andrajosas. Dejamos atrás un almacén silencioso en medio de la noche, y otra fábrica donde aún hay luz y ruido. Nos empuja por la espalda un viento gélido, mientras recorremos calles y más calles hasta que un callejón sembrado de basura nos lleva a un patio cuadrado entre sórdidos bloques de seis pisos. Huele al pozo negro que hay en el centro del patio, y a los montones de basura en putrefacción. Entre las ventanas, todas con los cristales agrietados, hay cuerdas con ropa puesta a secar, medio deshilachada. Veo que por uno de los tendederos corretea una rata de ojos rojos. Una hoguera congrega a varios individuos que no parecen muy de fiar.

—No puedo dar ni un paso más —susurra Maud.

—Yo tampoco —digo.

Sin decir nada buscamos un hueco al pie de una pared y nos sentamos en el suelo duro, apartando la basura. Las cabras se pasean por el patio, olisqueando la basura en busca de algo de comer. Es el único sitio que tenemos para dormir. Cena no hay.

Maud apoya la cabeza en las rodillas.

—Rafi… —Le noto la voz llorosa—. Esto es espantoso.

—Tienes razón —contesto.

Me acerco a ella para compartir mi calor, pero noto que tiene escalofríos.

—¿Me dices algo bonito, Rafi? —susurra—. ¿Para no tener que pensar en el hambre que tengo?

Pienso un poco. Ya sé cómo alegrarla.

—¿Y si me cuentas por qué te interesan tanto los dragones?

—Ah, bueno... —contesta ella, levantando la vista. La expresión de sus ojos color miel se vuelve soñadora, como si estuviera viendo algo muy muy alejado de este sitio oscuro y maloliente—. Porque son maravillosos. ¡Imagínate! —Se le alegra la cara—. En el libro del profesor Ratch pone que son peligrosos y que si tal y cual. Soy consciente de que hoy en día no son muy del gusto de la gente, pero, la verdad, tienen que ser unas criaturas magníficas. ¿Te imaginas lo que sería volar ala con ala con otros dragones, planear sobre una ciudad como esta viendo las calles muy pequeñas y las luces y las fábricas, y después alejarte, y subir por encima de las nubes para continuar volando entre las estrellas?

—Sí, sí que me lo imagino —contesto.

Ya lo he soñado alguna vez: sueños llenos de fuego, de estrellas y de la emoción del vuelo.

—Glorioso —dice ella, suspirando de felicidad.

—Antes en Peña Dragón había uno —le digo.

Pone los ojos en blanco.

—Pues claro, Rafi. Llamándose así... ¿Sabes que mis investigaciones me habrían llevado en algún momento a tu pueblo? Quizá entonces nos hubiéramos conocido. Si no lo hubiéramos hecho antes, quiero decir. ¿Sabes algo de vuestro dragón?

—No gran cosa —contesto, sin querer explicar que quemó a mi padre y me dejó su huella—. Nadie habla de él. Lo que sé es que acumulaba tazas pintadas con flores azules. Me saco el trozo del bolsillo y se lo enseño. Ella lo examina, aprovechando la poca luz que hay.

—¡Oh! —musita—. Qué bonito. —Apoya la cabeza en mi hombro—. Todos acumulan cosas diferentes. ¿A que es fascinante? Pero no lo que dice Ratch en su tontería de libro, que si joyas o princesas, no. El dragón de Coaldowns acumula relojes de bolsillo. He leído que hay uno que acumula vidrio marino, y otro cucharas de plata, y otro arañas. ¿Te lo imaginas? ¡Un dragón con una colección de arañas! —Se queda callada, y al cabo de un rato me da ánimos con unas palmadas—. Eres como yo: sí que te lo imaginas.

Es verdad, pero...

Palpo en el bolsillo de mi abrigo un papel arrugado, el letrero de Gringolet que soy incapaz de leer.

Maud no sabe por qué me fui de Peña Dragón. Se cree que soy como ella, que quiero encontrar los dragones por curiosidad. No sabe que le he mentido desde que nos conocimos.

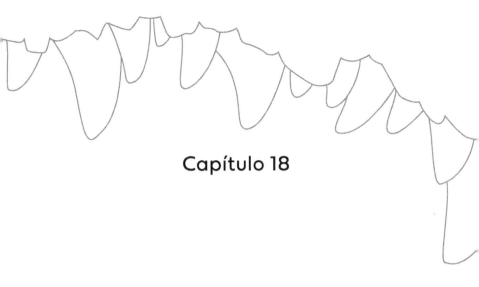

Capítulo 18

M e despierto a oscuras antes de que amanezca. Maud todavía duerme, arrebujada en su abrigo negro. Cerca de mí se abren los ojos de Amapola.

—No me acompañes —le susurro al levantarme.

Si ve que aún están las cabras, Maud sabrá que volveré.

Me marcho con sigilo, resuelto a encontrar algo para desayunar antes de que salgamos en busca de los acantilados y del dragón de Skarth. Las calles son estrechas, oscuras y sinuosas. Huele a pan cociéndose. Me recuerda tanto a mi aldea y a Tam del Panadero, que me siento vacío, y no solo por el hambre.

Siguiendo mi olfato por las calles poco iluminadas, doblo una esquina y me topo con un rostro conocido.

Gringolet.

Está tan rara y amenazadora como la primera vez que la vi hablando con papá en la entrada de casa. Se ha puesto otra hilera de alfileres en las cejas y parece aún más delgada y escuálida que antes.

—Vaya vaya —dice con aspereza, mientras saca un alfiler largo y brillante de la manga de su abrigo—. ¡Te he estado buscando por toda la ciudad, niño de la chispa! ¡Por fin te tengo!

Miro rápidamente a mi alrededor, buscando a Stubb, pero no está.

—Venga, ven, no te resistas —dice Gringolet.

Retrocedo un paso.

—¿Y por qué voy a ir?

—Porque se te acaba el tiempo. —Me señala con el alfiler—. Como el señor Flitch no consiga pronto lo que necesita de ti, se lo llevará de tu pueblo.

Mi mirada se hace más penetrante. El señor Flitch me dijo lo mismo en el corral de Shar.

—A mí me dijo que se llevaría algo de debajo de mi pueblo —digo—, pero lo único que hay es roca.

—¡No me digas! —bromea con desprecio Gringolet—. ¿Y si la roca de debajo de tu pueblo es... carbón?

Me la quedo mirando. Es una posibilidad que no se me había ocurrido. Las fábricas del señor Flitch se alimentan de carbón. ¡No será capaz de levantar la aldea para llevarse el carbón de debajo...!

Sí, por supuesto que es capaz.

Y si lo hace, Peña Dragón acabará como Coaldowns: sucio, lleno de hollín y rodeado por montañas de escombros. Mi casi amigo Tam se pasaría todo el día «abajo», como el niño minero con quien me encontré en Coaldowns.

Trago saliva.

—El señor Flitch me dijo que... quería algo de mí. ¿Qué tengo yo que pueda interesarle?

Gringolet se echa a un lado como una serpiente.

—Eso dímelo tú a mí, niño.

Lo único que se me ocurre es...

—¿Mi chispa?

Asiente con la cabeza, sin dejar de mirarme. Me doy cuenta de que nunca pestañea ni aparta la mirada.

—Pero mi chispa no me la puede quitar, ¿no? —pregunto.

—¿Seguro? —contesta ella con un tono de amargura y retorcimiento.

Parpadeo. Un momento. Gringolet es tan rara, tan gris... Como los restos de una hoguera. ¿Ha sido siempre así?

—¿Tú has tenido chispa alguna vez? —le pregunto.

—¿Que si he tenido chispa? —replica.

—Te la quitó Flitch —adivino.

—No lo hizo. —Se acerca con el alfiler en la mano, lista para atacar—. Se la di yo.

Sacudo la cabeza. No tiene sentido.

—¿Llevabas la huella del dragón y renunciaste a tu chispa?

—Mis razones tenía —dice ella con el mismo tono de amargura que antes—. Tú también tienes las tuyas —añade—. A menos que te guste ser un bicho raro, un marginado. Tienes que elegir, como elegí yo.

¿Elegir? Me la quedo mirando al entender a qué se refiere: Flitch quiere que le dé mi chispa para salvar mi aldea.

Gringolet sigue sin quitarme la vista de encima ni pestañear. De repente mira a un lado y hace una leve señal con la cabeza. Me giró de golpe y veo a Stubb, que estaba acercándose con sigilo por detrás.

—¡Atrápalo! —exclama Gringolet mientras se me echa encima con el alfiler.

Me zafo de las manos tendidas de Stubb.

—¡Elige! —me grita Gringolet a la vez que me voy corriendo.

Tuerzo por otro callejón, corro hasta el fondo, giro por otro y me apoyo sin aliento en un muro de ladrillos. No oigo que me persiga nadie. Sin embargo, saben que estoy en la ciudad y seguirán buscándome.

Recupero el aliento. Tengo que pensarlo todo bien. Gringolet tenía la huella del dragón, igual que yo, y renunció a su chispa. Ahora es pura ceniza, una amargada. Si le entrego mi chispa al señor Flitch, me pasará lo mismo.

¿Y qué hará él conmigo, una vez que la tenga?

No tengo la menor idea.

Sacudo la cabeza y me aparto del muro. Gringolet dice que tengo que elegir, pero lo que me ofrece el señor Flitch no es ninguna elección.

Corriendo por oscuras callejuelas, me doy prisa en volver adonde se ha quedado Maud, siempre atento a si aparecen Gringolet y Stubb. Ahora ya sé qué quiere Flitch de mí, pero no soy tan tonto como para negociar. No cambiaré de planes. Sigo teniendo que encontrar a los dragones, ayudarlos y averiguar qué significa de verdad tener la huella del dragón. Por nada del mundo entregaré mi chispa antes de haber averiguado con exactitud por qué la tengo.

Otro secreto que esconderle a Maud.

Al volver a la mísera plaza donde hemos pasado la noche, veo que a Amapola y Elegante se les ha sumado otra cabra. Es blanca y muy rolliza, con barba de chivo y unos cuernos negros y curvados.

Maud abre los ojos, parpadeando.

—Oh —dice con voz enronquecida, mientras se incorpora—, una cabra nueva.

—Sí —contesto, mirando mi pequeño rebaño, que minimiza mucho mi preocupación por Gringolet.

—¿A esta qué nombre le pondrás? —pregunta Maud.

—Esta se va a llamar... Pelusa —decido.

—¿Pelusa? —repite Maud—. ¿En serio?

Asiento. Es un buen nombre, aunque el pelaje blanco de Pelusa esté lacio y manchado de hollín.

El alba está pintando el cielo de gris mientras Maud se levanta, desentumeciéndose. Nos vamos de la plaza llena de basura.

—Estaba yo pensando... —dice Maud, sonriendo sin fuerzas—. Hay un río. ¿No te parece que lo más probable es que los acantilados los encontremos por ahí?

Asiento. Recurrimos a los callejones más secretos para atravesar la ciudad, que está despertándose. Nos siguen las cabras, parándose de vez en cuando para mordisquear un poco de basura en el suelo, tras lo cual se dan prisa en alcanzarnos.

Después de una hora circulando con sigilo para no ser vistos, llegamos al río que dibuja una ancha curva alrededor de la ciudad y al muelle frente al que se balancean, ancladas en silencio, varias embarcaciones de vapor, mientras se despiertan rechinando las grúas y poleas que sirven para cargarlas. Flota un olor entre agrio y a humedad.

Llegamos al final del muelle y de los depósitos. A nuestra derecha discurre el río. A nuestra izquierda hay una playa de guijarros y unos acantilados altos, blancos.

—Tú, si fueras un dragón —piensa Maud en voz alta, examinándolos—, ¿dónde te harías tu guarida?

—En lo más alto —contesto, pensando en Peña Dragón.

Maud levanta la cabeza al máximo.

—No veo nada.

—Yo tampoco. —Ni siquiera con mi vista privilegiada—. Vamos.

Recojo nuestras bolsas y llevo a Maud por un camino que sigue las curvas de la orilla. El acantilado que tenemos a la izquierda brilla blanco bajo la rosada luz de la mañana.

—Por Dios bendito —dice ella sin fuerzas—, pero qué hambre tengo.

No me molesto en contestar. Nuestros pies hacen crujir la grava de la orilla.

De repente lo veo: una mancha oscura en la cara del acantilado, muy arriba.

—¡Mira! —digo, señalándola.

Maud fuerza la vista.

—¿Dónde?

Hago que se acerque y se lo vuelvo a señalar.

—Allí.

Arriba, en el acantilado, hay un hueco que parece una boca muy abierta y oscura.

—Ahora lo veo —dice Maud sin respirar. Vuelve a estudiar el acantilado—. Hay donde agarrarse...

Empezamos a subir, y dejamos a las cabras en la base del acantilado. Al llegar a la cueva, entramos a rastras. Maud saca una vela y cerillas de una de las bolsas.

La luz temblorosa de la vela ilumina una cueva circular, de color suavemente rosado, con el suelo de arena. Junto a la pared, de perfil curvo, hay montones de libros encuadernados en piel y llenos de polvo que llegan hasta el techo. También hay libros esparcidos por el suelo, como si se hubieran caído de las pilas, y otros abiertos, como si los hubiera estado leyendo alguien.

—¡Rafi! —Maud señala algo. Le brillan los ojos de entusiasmo—. ¡Míralo, está allí!

La luz vacilante de la vela me permite ver, sobre una pila de libros casi de mi estatura, una estrecha franja de oscuridad larga como mi mano. Sus ojos son puntitos de fuego.

Las escamas del dragón de Skarth tienen la oscuridad de las sombras. Sus pequeñas zarpas y alas están adornadas con joyas.

Me acerco. Tiene debajo un libro abierto. Cambia de postura sin prestarnos atención y, con la punta afilada de una garra, pasa la página. Luego se acomoda otra vez para leer. Lleva unas pequeñas gafas con montura de oro.

—Hola —le digo.

Su única respuesta es un bufido, acompañado por un hilo de humo gris que se eleva sinuosamente hacia el techo abombado de la cueva.

Intento pensar en qué querría que dijese papá para ser bien educado.

—Espero que no le moleste que hayamos entrado en su cueva sin ser invitados.

Silencio.

Maud se pone a mi lado.

—¿Ha dicho algo? —susurra.

—No —contesto—. Puede que esté ocupado y no quiera que lo interrumpan.

—Perfectamente comprensible. —Maud me sonríe—. A mí me pasa muchas veces cuando leo.

El libro abierto en que se apoya el dragón queda aproximadamente a la altura de mis ojos.

—Hola, otra vez. Me llamo Rafi. Esta es mi amiga Maud.

El dragón levanta la vista de la página y usa una de sus garras para quitarse las gafas, que se quedan colgando de una cadena alrededor de su cuello revestido de escamas. Sus brillantes ojos me miran de arriba abajo.

—¿Qué veo? —pregunta con una voz al mismo tiempo sibilante y rasposa.

—Soy un niño —le respondo.

Maud, que sigue a mi lado, se inclina con la vela, como si tuviese la esperanza de poder participar en la conversación.

—Che, che —escupe el dragón, mirándola con mala cara—. Dile que se vaya.

—Maud —susurro—, es que ahora mismo no quiere hablar contigo.

—Ah... —Ella parpadea varias veces. Veo que está decepcionada—. Vale.

Se acerca a una pila de libros y ladea la cabeza. Creo que intenta leer lo que pone en los lomos.

El dragón vuelve a hacer el mismo ruido de antes, como de encender una cerilla.

—¡Che! —Agita la cola—. Nada de llama cerca de mis libros.

Se ha puesto a cuatro patas, con los ojos brillantes, y le tiembla todo el cuerpo.

Maud ha sacado un libro de la pila y lo ha abierto para empezar a leer. Se le cae en la página un poco de cera derretida de la vela.

—¡Che! —exclama el dragón.

Se coloca al borde de su pila de libros y, de un salto, se desliza por el aire en dirección a Maud. Ella levanta la vista, al verlo suelta el libro. El dragón se abate sobre él, lo agarra antes de que choque con el suelo y lo deposita sobre otra pila a punto de caerse. Luego se lanza sobre Maud como un oscuro torbellino.

—¡Che! ¡Fuera! —sisea—. ¡Fuera!

Maud retrocede con la vela en la mano.

—¿Qué está diciendo?

—Quiere que nos vayamos —contesto, esquivando al dragón, que da la vuelta por la sala y se lanza nuevamente sobre Maud.

Esta vez intenta clavarle las garras en la cara, pero falla por muy poco. Maud suelta la vela y se deja caer, tapándose la cara con las manos.

—¡Rafi! —chilla—. ¡En mi bolsillo! ¡Deprisa, antes de que me saque los ojos! ¡Expiación!

Capítulo 19

¿Expiación?

Ah, claro. A los dragones les gusta que les hagan regalos, para ir aumentando su tesoro. Es eso, una expiación. Me agacho, y cuando el dragón pasa de largo, me arrastro hacia Maud y busco en el bolsillo de su abrigo.

Encuentro el libro, el del profesor Ratch. Lo saco y, ya de pie, lo agito sobre mi cabeza.

—¡Dragón de Skarth! —digo con todas mis fuerzas—. Te hemos traído esto.

El dragón es una esquirla de tinieblas que al pasar volando me arranca el volumen de las manos. Luego regresa a su nido, murmurando para sus adentros, y ya con las gafas puestas abre el libro de Ratch.

¡Uf!

Maud, que solo está a unos pasos, se destapa parcialmente la cara, recoge la vela, todavía encendida, y la pone de pie sobre la arena.

—Yo también acumulo libros —dice, mirándome con una sonrisa temblorosa—, cuando estoy en mi casa. —Se incorpora y se mete la mano en el otro bolsillo, del que saca su libreta roja y un lápiz—. Solo tengo que apuntar un par de cosas. Luego podremos hacerle nuestras preguntas al dragón. —Ladea la cabeza—. Bueno, mejor dicho, se las podrás hacer tú.

Mientras Maud escribe y el dragón sigue leyendo, me fijo otra vez en la cueva. Hay cientos, por no decir miles, de libros. Un corto pasadizo comunica esta sala con otra repleta de volúmenes. El aire es seco, lleno de polvo. Entiendo que el dragón sea tan cauto con las llamas. Regreso a la sala principal observado por dos chispas, los ojos del dragón, que va haciendo ruiditos como si gruñera.

Voy a apoyarme en la pared, al lado del montón de libros que le sirve de nido.

—Me llamo Rafi —le digo—. Soy de un pueblo que se llama Peña Dragón. El nuestro hace mucho que se marchó. Atesoraba tazas con flores azules pintadas.

El dragón emite una especie de umfff, se sube las gafas por su pequeño hocico y baja la vista hacia una página del libro de Ratch sobre los dragones.

—¿Está bien la expiación que hemos traído? —pregunto.

No contesta. Sigo esperando. Maud observa la escena con el lápiz a poca distancia del cuaderno rojo, lista para tomar notas.

—¡Che! —se queja finalmente el dragón—. Libro este… —Se agazapa y enrosca la cola en el cuerpo, como un gato—. ¿Rafi de Peña Dragón lo ha leído, libro este?

—¿Que si lo he leído me pregunta? —Sacudo la cabeza—. No. No sé leer —añado, aunque esté escuchándome Maud.

—Rafi ve lejos —dice el dragón.

—Sí —contesto.

No digo nada más, porque me está oyendo Maud.

—Che —dice el dragón, como enfadado—. Leer no sabe. No alcanza la vista.

Con una de sus garras curvas da unos golpecitos en las gafas apoyadas en su hocico.

No tengo ni idea de a qué se refiere.

—Che. —El dragón se recoge sobre el libro abierto—. En Skarth había biblioteca; grande, muchos libros en ella, muchos y bonitos. Es donde tenía este su cubil. Luego biblioteca cerró.

—¿Cerró? —pregunto—. ¿Por qué?

Una ondulación recorre su cuerpo, como un encogimiento de hombros.

—Vienen fábricas, y se acabó biblioteca. Este dragón sacó libros y trájolos aquí. —Levanta una zarpa y señala la cueva—. Saca, trae, saca, trae...

—¿Todos estos libros los ha robado de la biblioteca de Skarth? —pregunto.

De pronto veo mentalmente la pequeña pincelada de sombra que es el dragón volando sin pausa entre esta cueva y un gran edificio de la ciudad, sujetando con sus garras diminutas libros mayores que todo su cuerpo.

—Robar no. —Me mira mal—. Rescatar. —Sale de su nariz una pequeña nube de humo, acompañada de un bufido, pero sin llama—. Biblioteca cerró —repite—. Después biblioteca ardió.

—¿Que se quemó la biblioteca? —pregunto. Comprendo de golpe lo que debió de ocurrir—. Y le echaron la culpa a usted, ¿verdad?

El dragón no responde. Encaramado al libro, su pequeño rostro refleja una gran vejez y una sabiduría peculiar.

Veo de reojo que Maud escribe con prisas en su libreta roja, con los ojos muy abiertos.

—En Coaldowns pasa lo mismo —digo—. La culpa de que se quemen las minas se la echan al dragón de allí.

A mí también. Me echaron la culpa de un incendio con el que no tenía nada que ver.

Respiro hondo.

—La vieja Shar, que es una amiga mía de mi aldea, dice que en el mundo no hay sitio para los dragones porque todo está cambiando. También me lo dijo una mujer muy mayor de Barrow. Me contó que antes, hace muchos años, era todo muy distinto. El dragón de Coaldowns me enseñó cómo eran antes los dragones. Era muy poderoso y muy bonito. —Sacudo la cabeza—. Pero no es solo porque cambie el mundo. A los dragones los están echando, ¿a que sí?

No solo a los dragones, sino a los que tenemos su huella, aunque eso me abstengo de decirlo.

El pequeño dragón se queda mirándome un largo rato.

—Expúlsanlos de sus cubiles —dice—, y luego danles caza.

—Caza —repito—. ¿Por qué?

Como respuesta, se aparta las gafas del hocico y me observa con severidad, como si en vez de ojos tuviera dos pequeñas chispas. De repente se levanta y arranca una página del libro de Igneous Ratch con una de sus afiladas garras. La primera página arrancada deja paso a muchas más, en un frenesí destructor que llena el aire de trozos de papel que bajan flotando hacia nosotros.

El dragón se coloca al borde de los restos del libro y abre sus menudas fauces para emitir una especie de rugido. Luego, escupe una afilada aguja de fuego que, al entrar en contacto con uno de los trozos de papel, lo hace arder. Prende fuego uno por uno a todos los pedazos, que caen al suelo de arena, deshechos en ceniza.

—No le gusta nada, pero nada, el libro, ¿eh? —dice Maud.

—Parece que no.

—Libro de Ratch —dice con desprecio el dragón—. Son mentiras, mentiras y más mentiras.

Su mirada fulminante se posa en las cenizas a las que ha quedado reducido el libro.

—No es exactamente la respuesta a mi pregunta —observo—. ¿Por qué se les da caza a los dragones?

—Che. —Se queda otra vez quieto—. Libro este dice que dragones son malos.

Me acuerdo de la parte del libro de Ratch que leyó Maud en voz alta.

—Según Ratch, los dragones son enormes, destructores, codiciosos, nauseabundos…

Intento acordarme del resto.

—«Traicioneras como ninguna otra bestia» —acaba Maud por mí.

—Mentiras son. Libro miente y da excusas para cazar dragones, diciendo que son traicioneros. Traicionero es el libro. Flitch y la de las cenizas: ellos cazan dragones. Son ellos, ladrones. Sacan a los dragones de sus guaridas, y luego queman y cazan.

«La de las cenizas» debe de ser Gringolet.

—¿Por qué?

—De razones humanas no sé —contesta despectivamente el dragón.

Pues yo soy humano, y tampoco las sé.

Me giro hacia Maud para explicárselo todo.

—Acaba de decirme que no es que echen a los dragones, es que Flitch los caza.

Flitch y Gringolet, pero a ella Maud aún no la conoce, y no es el momento de explicárselo.

—Tenemos que ayudar —dice Maud con una seriedad desacostumbrada—. Tenemos que impedir que mi... que el señor Flitch, quiero decir, siga cazando dragones. ¿Tú crees que los mata, Rafi?

—No lo sé —contesto—. Seguramente. —Entiendo algo de golpe—. Quizá al de Peña Dragón le pasara lo mismo.

—Vuelvo a girarme hacia el dragón de Skarth—. ¿Cómo podemos ayudar?

Su pequeña cola, que no deja de moverse, le da el aspecto de un gato enfadado. Se inclina.

—El libro —dice.

—¿Un libro? —pregunto, parpadeando de sorpresa.

—¿Qué libro? —nos interrumpe Maud.

—Shhh —le digo—. ¿De qué libro hablas? —le pregunto al dragón.

—Es libro verdadero de dragones, con mapas y listas de todos los dragones y guaridas, también con mapa donde encontrar al más grande de todos: el dragón de cristal. Este mozuelo, Rafi, tiene que encontrar al dragón de cristal. Él ve. Él sabe.

—En el libro hay un mapa —explico a Maud— para encontrar a un dragón de cristal. ¿Y por qué no puede venir usted con nosotros? —le pregunto al dragón.

—Dragón su guarida no abandona.

—¿Por qué no? —pregunto.

Arruga su menudo rostro, adoptando un aspecto aún más feroz.

—Es GUARIDA.

—De acuerdo —contesto. El de Coaldowns tampoco quería irse de la suya. Debe ser típico de los dragones—. Pues entonces, ¿podría dejarnos el libro donde está el mapa?

—Fáltame. Robado de biblioteca.

—¿Robado? ¿Por quién? —inquiero, aunque ya sé la respuesta.

—Tiénelo Flitch el libro. Recuperarlo debe el mozuelo Rafi.

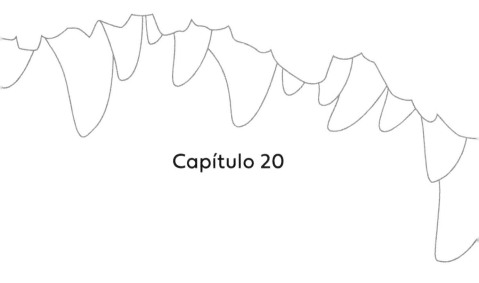

Capítulo 20

Cruzados de piernas en el suelo de arena de la guarida del dragón, Maud y yo hacemos planes.

—¿En serio que no sabes leer? —me pregunta.

—No —contesto—. Es que... soy demasiado tonto.

Hace un ruido de burla.

—¡Venga ya! ¿Tonto, tú? ¡Pero si eres la persona más lista que conozco, Rafi!

Sacudo la cabeza, pero no insisto. Me giro a ver qué hace el dragón. Está enroscado como un gato en su pila de libros, mirándonos con ojos como brasas.

—¿Y no podría explicarnos lo que pone en el libro, que sería más fácil? —le pregunto.

A modo de respuesta, abre sus fauces y hace como si rugiera, aunque no se oye nada.

—Bueno, da igual —me apresuro a decir.

Vuelvo a girarme hacia Maud.

—No es un dragón muy simpático, ¿eh? —susurra ella.

—No —contesto en voz baja—, aunque no sé si hablando de dragones es correcta la palabra «simpático».

Se ríe a medias, sorprendida, como si ya no se acordara de lo cansada que está ni del hambre que tiene.

—Claro claro, tienes razón.

—Bueno —añado—, la cuestión es que al no saber yo leer, el libro tendremos que buscarlo entre los dos. Me gustaría saber dónde lo esconde Flitch.

—En casa no —dice lentamente Maud—. En casa de Flitch, quiero decir. Mm… —Frunce el ceño—. Debe de estar en el despacho de su fábrica. Es el sitio más probable, ¿no crees?

—Suena bien. Dragón de Skarth —digo en voz alta—, ¿podría indicarnos dónde queda la fábrica del señor Flitch?

Como respuesta, el dragón vuela hasta un fajo de hojas sueltas, las pasa con la zarpa y saca una. Luego, nos la deja y vuelve con sus libros.

Maud examina el papel.

—Es un mapa. ¿Ves el río?

Me lo señala. Yo me encojo de hombros, sin tomarme la molestia de mirar.

—Y esto de aquí es la fábrica. Tendremos que entrar de noche sin ser vistos.

Maud me mira fijamente con los ojos muy abiertos, porque estamos pensando lo mismo.

—Esta noche —digo.

—Puede que para entonces me haya muerto de hambre.

Maud lo ha dicho en serio.

El pequeño dragón hace un ruido como si se mofara de nosotros; acto seguido emprende el vuelo desde su pila de libros para adentrarse en la cueva. Reaparece al cabo de un momento, llevando entre sus garras un paquete envuelto en papel que deposita en el suelo, entre Maud y yo. Al abrirlo encontramos fruta seca, galletas y una botella de agua.

Nos abalanzamos sobre el paquete como dos posesos. Luego, Maud apunta un par de cosas más en su cuaderno y yo me paseo por la cueva, a la espera de que anochezca. Siento arder la chispa en mi interior. La percibo más intensa, más caliente, como si estuviera a punto de avivarse. Como si ya me faltara menos para averiguar en qué consiste de verdad tener la huella del dragón.

Después de que se ponga el sol, bajamos del acantilado por los asideros hasta la orilla pedregosa del río. La oscuridad no es total, pues ha salido la luna. De la ciudad, que no está lejos, llega un resplandor de farolas.

Se acercan las cabras, que me tocan las piernas con el hocico.

Hay otra nueva: un macho grande, con los cuernos curvados, el pelaje espeso y marrón y una larga barba que nace en su barbilla y le enmarca la cara. Está solo junto al río, sobre un saliente de roca. Nos observa a mí y al resto de las cabras, pero no se acerca.

—¡Hola! —lo llamo.

Esta vez no se equivocará ni Maud. Hasta ella se dará cuenta de que no es una hembra.

La respuesta de la cabra es levantar el labio superior y hacerme una mueca de desprecio. Qué antipático.

Decido llamarlo Arisco.

—Ya son cuatro cabras —le digo a Maud con una alegría que ni yo mismo me explico.

—Tú y tus cabras… —murmura ella, y saca el cuaderno del bolsillo del abrigo—. Muy interesante. —Aprovecha la luz de la luna para escribir algo con un lápiz. Después, cierra el cuaderno de golpe—. Bueno, vamos.

Un poco angustiado por seguir sin explicarle que veo en la oscuridad, o que el señor Flitch tiene sus motivos para lanzar a sus cazadores en mi persecución, me pongo en cabeza y vamos hacia el muelle por el camino del río. Las cabras nos siguen por los callejones, haciendo un ruido de pezuñas, mientras Maud nos conduce hacia la fábrica.

Al llegar se quedan quietas. De noche siempre lo hacen: siendo presas, saben que después de oscurecer tienen que ser pequeñas y silenciosas para que no se las coma alguien, un lobo, por ejemplo. La nueva, Arisco, se coloca entre las otras tres y el callejón. Se acomodan en los adoquines.

Maud y yo nos asomamos a la bocacalle. Tras los adoquines que reflejan la luz de la luna, la fábrica está inmersa en el silencio y la oscuridad, salvo una ventana cerca de la puerta principal por la que sale luz. Hay un vigilante.

—Sé cómo podemos entrar —susurra Maud. Le brillan los dientes al sonreír—. Qué divertido, ¿no?

—Tanto como eso… —contesto, mirando la calle. No hay nadie.

—Iremos a la parte de atrás —dice Maud—. Seguro que hay una puerta para entrar en la sala de máquinas.

—Todo despejado —susurro—. Vamos.

Abandonamos sigilosamente el callejón y rodeamos la fábrica. Maud apenas verá en la oscuridad, sin embargo yo distingo de inmediato la puerta trasera, a la cual se baja por unos escalones. La señalo. Maud asiente. Entre donde estamos y la puerta no hay nada donde resguardarse. Le pongo la mano en un brazo para que se quede quieta, mientras permanecemos a la escucha. La ciudad nunca calla. Siempre hay rumores, ruidos que retumban en la lejanía, resplandores de luces y de hogueras, olor de chimeneas y cloacas... Cerca de la fábrica, no obstante, estamos solo nosotros.

Cruzamos la calle a toda prisa y bajamos los tres escalones hasta la puerta.

Está cerrada con llave.

—¡Ostras! —susurra Maud y se inclina para decirme algo al oído—. Tendremos que bajar por donde echan el carbón. Debería de estar por aquí cerca.

En cuanto empiezo a fijarme en la pared de la fábrica, la veo: una puerta metálica con goznes, más o menos tan alta como yo.

Pesa mucho. Cuando la abro, chirrían con fuerza las bisagras, y tengo la seguridad de que el vigilante lo oirá.

—¡Entra, deprisa! —le digo a Maud, sujetando la puerta.

Se introduce por el hueco. Sus pies resbalan con un ruido agudo. Al cabo de un segundo voy tras ella, deslizándome por un tobogán que lleva desde la puerta hasta una enorme montaña de carbón donde me espera Maud, tiznada de los pies a la cabeza, pero sonriente.

—Ha sido divertido —susurra.

Bajamos de la montaña de carbón. Es lo que alimenta la fábrica, y supongo que vendrá de Coaldowns. De mi pueblo no. Ni ahora ni nunca.

La oscuridad se extiende a la sala de máquinas, que es enorme. Las paredes tienen ganchos y cadenas de los que cuelgan gigantescos engranajes. El techo está cruzado por tubos de hierro de mucho grosor. Lo que ocupa la mayor parte de la sala es una silenciosa hilera de motores colosales con pistones y ruedas dentadas. Son motores de vapor, como los de los carros, pero cincuenta veces más grandes, y mueven las fábricas del señor Flitch. El suelo está lleno de polvo, restos afilados de carbón y trozos de metal.

—Por aquí —dice Maud, llevándome hacia una estrecha escalera de hierro por la que se sube al primer piso de la fábrica.

Cruzamos una pasarela. Otra escalera nos da acceso a una gran sala de telares. También aquí está todo en silencio. La pelusa llega hasta los tobillos.

—Lo de ahí son…, deben de ser los telares, para hacer las telas —dice Maud, señalando una hilera de aparatos más pequeños.

Sobre las máquinas de hilar se alinean los carretes de hilo. Las correas que impulsan los motores están quietas. No se parecen en nada al telar de madera de papá, que solo hace zas, rrr y pum pum. De repente lo echo mucho de menos.

Maud me tira de la manga del abrigo.

—¡El vigilante! —susurra.

Nos agachamos en silencio y nos refugiamos en uno de los pasillos que forman los telares de metal. Oigo un eco de golpes: clan, clan, clan… Está subiendo un vigilante desde la pasarela, por la escalera de hierro. Lleva una linterna. La luz se posa en las máquinas. Ni Maud ni yo respiramos. Prácticamente oigo latir mi corazón y casi temo que nos delate.

A partir de un momento, oímos retroceder los pasos y vemos que la luz se aleja.

—¡Uf! —susurra Maud.

—¿Y ahora? —pregunto.

—Las oficinas están arriba —indica Maud—. Supongo, vaya.

Tras abandonar la sala de telares, cruzamos una serie de almacenes, todos igual de oscuros y de silenciosos, hasta llegar a una puerta que da a una escalera ascendente.

—Espera —me susurra Maud. Señala algo—. Vamos a ver qué hay al otro lado de esta puerta.

Nos acercamos. Maud pega el oído a la madera y escucha.

—Me parece que no hay nadie. —La abre lentamente, dejando salir un chorro de calor. Se asoma—. Es donde trabaja el señor Flitch —susurra por encima del hombro.

Me pongo de puntillas y miro sobre su cabeza.

Es una sala de altura equivalente a dos pisos, con dos enormes bultos en el centro, bajo unas lonas blancas. El calor sale a ráfagas de uno de los dos bultos, pero no veo fuego en ningún sitio.

—¿Qué son? —pregunto.

Maud se encoge de hombros.

—Algún tipo de máquina o de invento —susurra.

—Vamos a mirar —contesto, también en voz baja.

—Vale, pero date prisa.

Mientras Maud espera en la puerta, doy unos pasos por el suelo de piedra, y al llegar al primer bulto me agacho a mirar debajo de la lona. Está oscuro, pero veo. Distingo arriba engranajes y pistones, superficies de latón que reflejan la escasa luz que se filtra desde fuera. Huele mucho a aceite y a metal caliente.

Maud tenía razón: es algún tipo de máquina, pero no le veo ninguna lógica. Es como si estuviera comprimida en sí misma. Desprende calor, pero fuego no veo, aunque seguro que funciona con carbón, igual que todas las de la fábrica. Se oye un vago rumor, como si en lo más profundo girasen engranajes.

Me gustaría inspeccionarla más tiempo y ver si la otra es igual, pero sé que Maud estará impacientándose. Cuando vuelvo, me lleva a una escalera. Cruzamos en absoluto silencio la puerta del final y accedemos a un pasillo totalmente distinto a la fábrica de abajo. El suelo está revestido de una gruesa moqueta, en las paredes hay cuadros enmarcados.

—Por aquí —dice Maud.

Recorremos el pasillo de puntillas, pasando al lado de puertas con placas de latón. Al fondo hay otra, que cruzamos y cerramos.

Maud se saca del bolsillo la vela y las cerillas.

—Necesito luz para ver algo —dice con su voz normal.

—¿No deberías susurrar? —le pregunto yo en voz baja.

Sacude la cabeza y enciende una cerilla. Cuando prende la llama de la vela, su luz amarilla se proyecta en la cara de Maud.

—El vigilante ya ha acabado la ronda. La siguiente hora se la pasará sentado al lado de la puerta principal, tomando té. Tenemos tiempo de sobra.

Con la esperanza de que esté en lo cierto, me giro a mirar el despacho del señor Flitch.

Las paredes están tapizadas con una tela roja brillante. Hay varios sillones de cuero y mesitas con lámparas. En un extremo de la sala, hay un gran escritorio bruñido sobre el que se amontonan fajos de papeles.

También está todo lleno de oro, que refleja la luz de la vela de Maud: oro en los marcos de los cuadros, oro en las esquinas de la caja de madera puesta sobre el escritorio, oro en el tapón de un tintero, oro entretejido en los dibujos de la alfombra del suelo… Hay una chimenea con repisa dorada, y sobre ella una serie de estatuillas de oro. Más arriba se ve un enorme retrato del señor Flitch, con marco de oro. Está representado delante de una máquina de la fábrica, con un rollo de tela en una mano. Junto a la otra mano hay una mesa, y sobre ella una pila de monedas de oro. Los ojos de Flitch, entre grises y azules, tienen un brillo dorado. Casi parece que nos observe. Por alguna razón, su rostro de barba gris parece tenso y amargado, como si no estuviera muy contento.

Maud ya se ha acercado a una estantería que hay cerca de la mesa. Empieza a sacar rápidamente libros, todos con las páginas ribeteadas de oro y los títulos impresos en letras doradas sobre las cubiertas de piel.

—No, no, no —murmura a medida que los examina y los devuelve a su sitio—. Rafi —dice sin apartar la vista de lo que está haciendo—, ve a mirar en el escritorio.

Al cruzar la sala se me hunden los pies en la alfombra. El escritorio tiene tres cajones en cada lado, con los tiradores de oro, cómo no, pero dentro solo hay papeles, tinta y otro libro que le llevo a Maud.

—Solo es un libro de cuentas —dice ella—. Sigue buscando.

El cajón del medio está cerrado con llave.

—¿Ha habido suerte? —pregunta Maud, poniéndose a mi lado.

—La verdad es que no. —Señalo el cajón cerrado—. No tenemos la llave.

—Mmm... —Se pone en cuclillas para examinar el cajón. Luego se mete por debajo de la mesa y le da unos golpes. Finalmente, mira por la cerradura—. El libro tiene que estar aquí dentro.

Al levantarse ve el retrato del señor Flitch, que nos observa.

Se lo queda mirando un momento.

—Es él —le digo—. El señor Flitch.

Maud asiente, y tras contemplar un poco más el cuadro sacude la cabeza y regresa al escritorio. Tira de golpe de uno de los otros cajones y saca un cortaplumas, de oro, por supuesto.

—Tendremos que forzar la cerradura.

Mete el cortaplumas en la cerradura, sin darme tiempo para contestar. Al girarlo se abre el cajón.

Dentro solo hay una llave. Parece que pese bastante. Es del tamaño de mi mano, aproximadamente, y tiene los bordes dorados, con un dibujo que recuerda escamas.

—Ohhhh —musita Maud. Mete la mano, recoge la llave, la sopesa y se gira a mirar la habitación—. Trae la luz.

La sigo a una pared con la vela en la mano. Maud aparta una mesita baja y señala algo, una cerradura. De repente lo veo: la silueta de una puerta empotrada en la pared. Las manos de Maud tiemblan al introducir la llave, girarla y abrir la puerta.

La sigo al otro lado.

Es una habitación la mitad de grande que el despacho, llena de cosas. Miro a mi alrededor. En una pared veo un cuadro de un dragón sobre una montaña, con las alas medio desplegadas y un chorro de fuego en la boca. El marco es dorado. Abajo, encima de una mesa, hay un atril que sostiene algo curvado, parecido a una espada.

—Espera —digo, acercándome—. ¿Esto es un…?

—Rafi… —dice Maud con voz trémula.

Me giro a mirarla. Está en medio de la sala con los ojos llorosos.

—Es una colección —susurra—. Su colección de dragones.

Me doy cuenta de que tiene razón. Lo de la mesa no es ninguna espada, sino una garra, curvada, negra y peligrosamente afilada.

Al lado de la mesa hay un baúl abierto. Me acerco para ver qué hay dentro. Maud viene conmigo. Contiene un gran número de objetos planos y muy negros, con los bordes irregulares. Vienen a ser como mi mano de grandes. Maud saca uno.

—Es una escama —dice.

Se me va otra vez la vista hacia el cuadro de la pared. Una escama de ese dragón, adivino, al igual que la garra.

—Qué horror —exclama Maud, compungida.

No puedo ni responder. Solo consigo asentir con la cabeza.

—Oh, no.

Maud señala algo y me lleva a una vitrina de madera con tapa de cristal, en cuyo interior, sobre una base de terciopelo, hay una hilera de pequeñas…

—¿Qué son? —pregunto, intentando verlas mejor. Parecen insectos plateados, pero ya sé que no lo son.

—Libélulas dragón —responde Maud, apenada—. Una especie de dragón muy pequeño. Solo los conocía por mis lecturas. Vivían en grupos de cincuenta o más al borde de los estanques y de los arroyos. ¿Te imaginas lo bonitas que eran, volando sobre el agua y reflejando la luz del sol?

Asiento, imaginándome muy bien lo que ha descrito.

—Se extinguieron hará cosa de diez años. Ya no queda ninguna en todo el mundo. —A Maud le corren lágrimas por la cara—. ¿Cómo fue capaz? —susurra—. ¿Cómo?

En ese momento veo algo más, y me aparto de Maud para acercarme. Sobre una pequeña estantería hay una taza. Está pintada con flores azules. Mi mano se mete en mi bolsillo y saca el trozo de taza que llevo desde que me fui de Peña Dragón.

Maud se ha puesto a mi lado.

—El dragón de tu pueblo —afirma.

Lo único que puedo hacer es asentir, sintiéndome oprimido por el peso de una gran tristeza.

—Debió de hacer lo que nos ha explicado el dragón de Skarth —dice Maud—, sacar al dragón de Peña Dragón de su guarida y matarlo. —Toca suavemente el borde de la taza con un dedo—. Y quedarse con su tesoro. —Se gira a mirar la sala—. ¿Para esto? ¿Solo para coleccionar restos de dragones muertos? —Sacude la cabeza—. ¿Por qué?

—No lo sé —consigo contestar. Luego veo algo—. Mira —digo, señalándolo.

En la pared de enfrente, sobre un pedestal, está lo que venimos buscando. Nos acercamos al libro pasando al lado de una estantería con huevos de todos los tamaños y colores.

No parece nada especial. Es un tomo pequeño, encuadernado con un cuero marrón sin nada de particular. Tiene los bordes chamuscados, como el de Ratch.

Maud acerca una mano y lo abre.

—¡Anda! —dice, aguantándose un grito. Se inclina—. Creo que esto lo escribió un dragón con la garra mojada en tinta. —Gira una página, luego otra desplegable, probablemente un mapa—. Sí —murmura—. Muy bonito.

—Ahora no tenemos tiempo de leerlo —le digo, cerrando el libro de manera tan brusca que casi le pillo la nariz.

—¡Rafi! —protesta ella. Se incorpora, y al girarse hacia la colección del señor Flitch pone cara de tristeza—. Me alegro de tener el libro y el mapa, pero preferiría no haber encontrado nunca esta sala. Es el peor sitio donde he estado.

Coincido con ella completamente.

—Vámonos —digo.

Me guardo el libro en el bolsillo del abrigo y salimos de la sala de la colección del señor Flitch para volver a su despacho. Apago la vela con los dedos y salimos al pasillo, cerrando la puerta.

De repente se enciende una linterna. Fuera hay alguien.

Son Stubb y Gringolet, que nos esperan.

Capítulo 21

—¡Pero qué casualidad! —dice con su voz rasposa Gringolet—. ¡Rafi Cabelagua! ¡Exactamente donde te queríamos! —Fija en mí una mirada casi hambrienta—. ¿Ya has elegido?

Detrás de ella, Stubb me mira con cara de vinagre, cruzando sus largos brazos.

Maud y yo estamos de espaldas a la puerta del despacho. La pregunta, o para ser más exactos la amenaza, reaviva mi chispa. Sintiéndola, respiro hondo. Maud me aprieta la mano.

—Espera, Rafi, espera —se apresura a decir.

—¿Qué tengo que esperar? —pregunto sin aliento, haciendo un esfuerzo para frenarme.

—Tú…, tú hazme caso —contesta.

Me suelta la mano y avanza hacia la luz de la linterna de Gringolet y Stubb. Después, irguiendo mucho la cabeza, habla con una altivez completamente ajena a su forma de ser:

—¿No sabéis quién soy, par de mentecatos?

Gringolet parpadea y se la queda mirando por encima de sus gafas ahumadas.

—Es la primera vez que te veo, niña.

Stubb abre mucho los ojos.

—Es ella. —Le da un codazo—. Yo la conozco, Gringy. Es la señorita Flitch.

¿La señorita... qué?

—Exacto —ha contestado ya Maud—, y os ordeno que dejéis en paz a este niño. —Me señala—. Va conmigo.

—Usted perdone, señorita, pero de usted no recibimos órdenes, señorita —dice Stubb, que se quita el sombrero redondo para ponérselo delante, a la manera de un escudo—. Solo de su padre, señorita.

¿Su... padre? Miro a Maud fijamente con la sensación de que mi corazón ha salido del pecho y acaba de caerse al suelo con un pof. ¿El señor Flitch es el padre de Maud?

—No digas tonterías —replica ella—. Estoy cumpliendo órdenes de mi padre. Debería ser evidente. Además, me imagino —añade con malicia— que las que le da a su hija tendrán prioridad sobre las que os da a vosotros, ¿no?

—¿Las que nos da a nosotros...? —repite Stubb sin entenderlo del todo.

—Pero... —interviene Gringolet.

—¡Lo dicho —la interrumpe Maud—, que ni os atreváis a ponernos la mano encima a ninguno de los dos!

Da unos pasos. Yo me quedo quieto, demasiado atónito para moverme.

Maud se gira y me mira a los ojos, mientras mueve la boca: «¡Venga!», articula desesperadamente. No me queda más remedio que seguirla, pasando al lado de Stubb y Gringolet, que nos ven alejarnos boquiabiertos. Bajamos a la planta principal y dejamos atrás los telares de hierro. Llegados a la gran doble puerta de la fábrica, oímos voces y pesados pasos de pies grandes: son Stubb y Gringolet, que nos persiguen.

—No me preguntes nada, Rafi —me pide Maud. Me empuja por la puerta y me arrastra de la mano hasta el final de la escalera, y por los adoquines de la calle—. Tenemos que irnos.

Al llegar al callejón, mis cuatro cabras se levantan y nos siguen con un ruido de pezuñas. Una sucesión de calles oscuras nos aleja de la fábrica.

Cuando ya estamos bastante lejos, me detengo, aunque Maud aún corre algunos pasos más. Al final también se para y se gira hacia mí.

—¡Venga, Rafi!

Las cabras me rodean. El callejón donde estamos es estrecho y está lleno de basura y de charcos. Huele a rancio y humedad, como el río.

Sacudo lentamente la cabeza.

—Eres hija del señor Flitch. —Dicho en voz alta parece aún más real—. No me lo puedo creer —murmuro para mí mismo.

Maud se acerca. A la luz de la luna, su cara parece espolvoreada de ceniza. Se muerde el labio.

—El caso, Rafi...

La miro atentamente.

—¿Cuál es el caso, Maud?

Abre mucho los ojos con cara de preocupación.

—Ya sé que no lo haces adrede, lo de clavarme así la vista, pero parece que me quieras matar.

Ni me molesto en suavizar mi expresión.

—El caso —le digo— es que has estado mintiéndome. ¡Desde el principio!

—¡Lo sé! —contesta—. ¡Lo sé, lo sé, lo sé! —Aprieta los puños—. Debería habértelo dicho, pero sabía que habrías desconfiado automáticamente de mí. —Se acerca y me clava un dedo en el pecho, haciéndome retroceder por sorpresa—. ¡Además, mira quién habla! Tú me has dicho tantas mentiras como yo a ti.

—¿Qué?

—O más —insiste—. Voy a hacerte una pregunta, Rafi: ¿ves en la oscuridad?

Oh, no... Retrocedo otro paso.

—¿Qué? ¿Sí o no? —pregunta Maud.

Asiento, pero luego me doy cuenta de que en la oscuridad del callejón no me ve bien.

—Sí —añado.

—Y tampoco te afecta el frío, ¿verdad?

—No —contesto con voz ronca, mientras se me desboca el corazón.

—Ya me lo parecía —dice Maud—. Nunca te acuerdas de tener escalofríos.

—Lo siento —murmuro.

—Es que me fijo mucho en los detalles —explica Maud, levantando la cabeza—. Encima, entendiste lo que te decía el dragón de Coaldowns, también el de Skarth. —Hace un gesto con la mano—. Por no hablar de las cabras. Muy interesante, por cierto, lo de que te sigan a todas partes. ¡Y aún hay más! La mujer de la fábrica, esa tan rara... Gringy, ¿no?

—Gringolet —digo con voz sorda.

—Esa. —Maud asiente—. Pues sabía tu nombre. ¡Te ha estado persiguiendo! ¿Y no se te ha ocurrido comentármelo? ¿Ni decirme qué quiere?

Me limito a sacudir la cabeza.

—Ya ves, Rafi —concluye Maud—: eres tan malo como yo.

Es verdad. Quizá peor. Amapola me toca con el hocico. Yo le rasco la barbilla y me apoyo en la pared del callejón.

Maud suelta un suspiro entrecortado.

—No. —Sacude la cabeza—. No, no es verdad, no es lo mismo. Mejor que lo reconozca. —Levanta la vista. Sus ojos color miel se han empañado—. Debería…, debería haberte dicho enseguida quién era. Ni siquiera me llamo Maud; me llamo Madderlyn, aunque es un nombre que odio, y mi apellido es Flitch, y… y me pareció que tenía buenos motivos para no decirte la verdad, pero… pues… en el fondo quizá no los tuviera. Es que estuviste tan amable y me caíste tan bien… No quería que me odiases. Lo siento un montón. —Se le escapa de un ojo una lágrima que cae por su mejilla. Se aparta para esconder la cara—. Yo no soy como él —dice con un triste hilo de voz—. No me interesan los dragones porque quiera coleccionarlos, o matarlos, o lo que les haya hecho él. Lo de que los encuentro maravillosos es verdad. De todos modos, Rafi, no hace falta que me creas ni que te quedes. Seguro que lo próximo que tengas que hacer lo harás mejor sin mí.

Tiene razón: probablemente me iría mejor solo. Lo pasaría la mar de bien. Tendría la leche de Amapola, y aunque se acerque el invierno, a mí no me afecta la intemperie. Estoy acostumbrado a estar solo. Podría separarme de Maud sin problemas. Solo tengo que tomar la decisión de irme.

O de seguir con ella.

Me parece la más importante de mi vida. El silencio entre los dos se alarga.

Me acordaré toda la vida de lo que me dijo Maud cuando le pregunté qué veía cuando me miraba: «Un amigo».

—¿Sabes qué? —acabo diciendo muy despacio—. Que si vamos a avisar al dragón de cristal de que tenga cuidado con el señor Flitch, cuanto antes salgamos mejor.

—Rafi... —Maud me mira, secándose las lágrimas. Su sonrisa es tan maravillosa como cuando sale el sol—. Eres el mejor amigo del mundo. Te adoro.

Yo también le sonrío. Es una sonrisa de verdad, no de las que asustan. De repente no importa lo que haya podido ocultarle. Tampoco importa que Maud no me haya dicho la verdad sobre su padre y a saber qué otras cosas, porque es mi amiga, una amiga de verdad, y le seré siempre fiel.

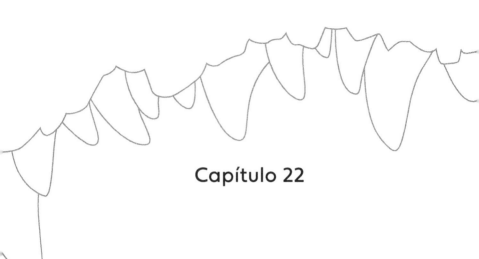

Capítulo 22

Resulta que Maud, aparte de todo, es una ladrona. Al salir del callejón me enseña una bolsita de cuero robada del despacho del señor Flitch. Perdón, de su padre.

—Oro, por supuesto —dice suspirando—. Ahora podremos comprar víveres. —Se para al borde de una calle y ladea la cabeza para oír mejor. Se escuchan gritos lejanos. Gringolet y Stubb—. Más vale que nos escondamos.

Regresamos hacia el río por las callejuelas más oscuras, sigilosamente, seguidos por las cabras.

—No creo que podamos quedarnos mucho tiempo —dice Maud en la guarida del dragón de Skarth, después de escalar otra vez por el acantilado. Se deja caer en la arena con un suspiro de cansancio—. ¿Sabes una cosa, Rafi?

—¿Qué es lo que tengo que saber?

Me siento a su lado y busco una vela en una de las bolsas. Cuando la enciendo, una luz cálida y dorada baña el espacio cóncavo de la cueva. Estamos rodeados de montones de libros. El dragón de Skarth no se deja ver.

—En muchos sentidos eres… raro —reconoce Maud—. ¿Sabes qué eres?

Asiento y respiro hondo. Ha llegado el momento de explicárselo.

—Tengo la huella del dragón.

Maud se sienta más erguida.

—¿La huella del dragón? Es la primera vez que lo oigo. —Se saca la libreta del bolsillo—. Y te aseguro que sobre dragones lo he leído todo. Mm. Claro, tantos poderes especiales… Supongo que tiene su lógica.

—¿Ah, sí? —pregunto.

—Pues claro. —Parece muy segura—. Es bastante…

Sacude la cabeza.

Yo asiento, apesadumbrado. «Raro», va a decir, o «inquietante».

—Ya me entiendes… —sigue Maud—. Es genial.

Me quedo de piedra.

—¿Cómo?

Se le escapa la risa.

—Con tus poderes especiales, Rafi, no te queman las llamas de los dragones ni te hiela el frío de una guarida en las montañas. Encima, entiendes el idioma de los dragones. Yo llevo casi toda la vida estudiándolos, y he leído todos los libros que he podido encontrar sobre ellos, pero nunca podré hacerme amiga suya como tú. ¿No te das cuenta de la suerte que tienes, de lo maravilloso que es?

—Sí, tan maravilloso como que me echaron la culpa de un incendio que no provoqué yo —protesto—, y me expulsaron de mi pueblo, y me están persiguiendo Gringolet y Stubb.

—Ya, pero mira qué aventura estás viviendo. Bueno, que estamos viviendo. Es muchísimo mejor que estar encerrado en…, en un sitio donde no quieres estar, y que te digan cómo tienes que vestirte y hablar y tener un padre que es… pues… —No acaba la frase—. En fin. Te voy a hacer una pregunta. ¿Lo de las cabras cómo te lo explicas?

Sacudo la cabeza.

—No lo sé. Me gustan, pero nada más. Y yo a ellas también.

—Alguna otra razón tiene que haber —murmura Maud, leyendo una página de su libro.

—Aún hay más cosas que no te he contado —digo.

Mientras Maud me mira con un brillo de interés en sus ojos color miel, le explico que de bebé me llamó el dragón a lo más alto de las rocas y me dio una chispa muy pequeña…

—¿Una chispa? —me interrumpe ella. De repente se queda boquiabierta—. ¡La he visto! Al fondo de tus ojos, cuando los miré, ¿te acuerdas?

Asiento con la cabeza y reanudo mis explicaciones sobre que el dragón le provocó graves quemaduras en la pierna a mi padre, pero a mí no me quemó.

Maud me mira muy seria, con los ojos muy abiertos.

—Tu padre debe de tenerles mucho miedo a los dragones.

—A continuación me hace una pregunta que yo nunca he querido hacerme—: ¿Y a ti, Rafi? ¿También te tiene miedo? Al tener la huella del dragón…

—No lo sé. Un poco quizá sí —reconozco—, pero me quiere mucho. —Levanto la vista—. De eso estoy segurísimo.

—El mío… —Maud frunce el ceño—. Si me interesan tanto los dragones, es por mi padre. Yo ya sabía que estaba obsesionado con ellos, pero de lo que no sabía nada era de la habitación. No sabía que coleccionase... —Se la ve muy apenada—. Rafi...

Le tiembla un poco la voz.

—Maud... —contesto en voz baja.

—Ostras, ya estoy otra vez a punto de llorar —murmura, aguantándose las lágrimas con parpadeos—. Rafi, cuando hablas de tu padre... —Sacude la cabeza—. A mi padre y a mí..., no nos pasa lo mismo. Él no me quiere como tu padre a ti.

Me pongo a su lado y le paso un brazo por la espalda. Ella esconde la cara en mi hombro. Al cabo de un momento, está llorando y me moja el abrigo con las lágrimas.

—Dragones —solloza—. Mi propio padre está matando dragones, Rafi. Les arranca las escamas y las garras, les quita los huevos y les roba los tesoros. ¿Y esas libélulas dragón tan preciosas? ¿Por qué? —se lamenta—. ¿Por qué lo hace?

Al oírla también me entran ganas de llorar. Echo de menos a papá y mi aldea. No quiero que me tenga nadie miedo. Solo quiero volver.

Después de sollozar algunas veces más, Maud se incorpora, se seca las lágrimas con la palma de la mano y se suena con la manga. Yo la miro. Me sonríe con los ojos llorosos.

Me giro sin pensarlo hacia Peña Dragón.

Maud asiente con la cabeza.

—¿Sabes que lo haces mucho, lo de girarte hacia tu casa?

—Siempre sé dónde está —contesto.

—Fascinante —murmura ella.

Como es quien es y siempre está pensando, abre su cuaderno rojo y anota algo. Luego se frota los ojos.

—Rafi, ¿por qué te persigue mi padre exactamente?

—Porque sabe que tengo la huella del dragón —le explico—, y quiere mi chispa.

—¿Pero por qué? —inquiere ella—. ¿Para qué? ¿De qué le serviría?

—No lo sé —contesto, sacudiendo la cabeza—. Gringolet me dijo que el señor Flitch me daba a elegir entre conservar mi chispa y salvar mi aldea, pero no es justo, la verdad.

Aún tengo en el bolsillo del abrigo el papel que clavaron Stubb y Gringolet fuera de la taberna de Barrow. Lo saco y se lo doy.

Maud lo desdobla y lee el texto.

—Cielo santo, qué cantidad de dinero…

—¿Una recompensa? —pregunto—. ¿Para quien me capture?

—Ah, claro, no lo puedes leer —dice ella—. Pone: «Se busca a Rafi Cabelagua por provocar un incendio en el pueblo de Peña Dragón». —Sigue leyendo—: «Individuo peligroso», y bla bla bla. No pone nada de que tengas la huella del dragón. —Dobla otra vez el papel y me lo devuelve—. No es un muy buen retrato tuyo.

Después de trabajar un poco más, bosteza y relee entre murmullos lo que ha escrito. Se cae de cansancio, pero el cerebro todavía le funciona a toda máquina, como un motor de vapor alimentado con carbón. No estoy seguro de que se le pare alguna vez, ni siquiera durmiendo. Seguro que tiene sueños trepidantes.

Levanta la vista hacia mí y parpadea, como si se percatase una vez más de lo rara que tengo la cara.

—Rafi, pásame el otro libro, que quiero ver el mapa. Luego… —Echa un vistazo a su cuaderno—. Se me ha olvidado lo que iba a decir.

—Ya te acordarás al despertarte —contesto, dándole una manta muy gastada—. Por la mañana podrás mirar el mapa. Agarra la manta y se acuesta en el suelo de arena. Se le cierran los ojos de inmediato y se queda dormida. Apago la vela. Espero, arrebujado en el silencio. La cueva, sin vela, es como una burbuja de noche y de silencio, con la única excepción de los suaves ronquidos de Maud.

Poco después entra volando por la boca de la cueva un jirón de oscuridad, es decir, el dragón de Skarth, que se posa en una pila alta de libros y baja la vista hacia mí.

—Buscadores —dice.

Asiento con la cabeza. Gringolet y Stubb saben que estamos en algún lugar de la ciudad. Siento un hormigueo de miedo.

—Pronto nos iremos —le digo al dragón.

Aún faltan unas horas para que amanezca. Maud tiene tiempo de dormir. Saco el librito del bolsillo de mi abrigo.

—Esto lo hemos encontrado en una habitación secreta del despacho de Flitch. ¿Sabías algo de su colección?

La respuesta del dragón consiste en bajar de su pila de libros y deslizarse por el aire. Al cabo de un segundo noto que se me clavan sus pequeñas garras al posarse en mi brazo. Va avanzando por la manga del abrigo hasta llegar a la mano con la que sujeto el libro. Entonces, se me enrosca a la muñeca y expulsa un poco de humo por la nariz.

—Sí… Conózcola, la colección de Flitch.

Clava en mí una mirada muy intensa.

Me acuerdo de cuando conocí al señor Flitch, en mi pueblo, delante de la casa de Shar: me miró al fondo de los ojos y me reconoció como lo que soy.

Me estremezco al pensar en las pequeñas libélulas clavadas en la vitrina de la habitación del señor Flitch.

Flitch caza dragones. Los colecciona.

Y ahora me está cazando a mí.

Una hora antes del amanecer, enciendo la vela y despierto a Maud.

—¿Qué pasa? —pregunta con voz de dormida.

—Tenemos que irnos —contesto.

—¡Ah! —Se incorpora parpadeando y me sonríe con un punto de timidez—. Buenos días. Quiero ver el mapa.

—Ahora no hay tiempo. Dice el dragón que nos están buscando, supongo que Stubb y Gringolet.

—Seguramente —contesta—, pero solo son dos, y la ciudad es grande. Yo creo que podemos esquivarlos. —Recoge de la arena el libro del dragón y lo abre para desplegar el mapa—. Ven a ver esto. —Lo señala, aunque para mí solo son manchas—. Tendremos que parar a comprar víveres, luego saldremos de la ciudad hacia el norte. En el mapa aparece un sitio que se llama «Protocubil», y en una nota pone que es donde vive el dragón de cristal.

—Protocubil —repito.

—Sí, Protocubil —vuelve a decir ella alegremente—. Qué bonito suena, ¿a que sí? En el libro pone que es de donde salen los dragones. Debería quedar a unos cinco días de camino.

Echo un vistazo al dragón de Skarth, que nos observa desde encima de sus libros.

—Y cuando lleguemos al Protocubil y avisemos al dragón de cristal, nos ayudará a que el señor Flitch deje de coleccionar dragones y matarlos.

Maud asiente, convencida.

—Exacto. O mucho me equivoco, o en el Protocubil averiguaremos todo lo que necesitamos saber sobre los dragones.

—Me preocupa algo —le digo.

—¿Solo una cosa? —pregunta ella con las cejas arqueadas.

—Una entre muchas —me corrijo—. Hemos visto a Gringolet y Stubb, pero no al señor Flitch. ¿Dónde está?

—La verdad es que viaja mucho —dice Maud—. A varias poblaciones y fábricas. —Pestañea varias veces—. Supongo que durante todas sus ausencias también cazaba dragones.

—Bueno, en todo caso, si no está aquí, debe de estar dando problemas en algún otro sitio —digo yo—. Como cuando amenazó a mi aldea.

—O sea, que tenemos que darnos prisa. —Es la conclusión a la que llega Maud.

—Pues sí —confirmo.

Me asomo a la boca de la cueva y miro el acantilado para comprobar que podamos salir sin peligro. Los últimos reflejos de la noche brillan en la orilla pedregosa del río. Veo las cabras, manchas difuminadas y muy juntas. La única despierta es Arisco, que vigila a las demás.

Encaramado a su pila de libros, el dragón de Skarth nos observa con ojos que parecen dos puntos de fuego.

—Gracias —le digo.

—Adiós —contesta y suelta algo de humo por la nariz—. Adiós, Rafi de Peña Dragón.

Parece una despedida definitiva, como si no fuéramos a vernos nunca más.

Durante la noche, mientras Maud dormía, el dragón se ha subido a mi rodilla y me ha mirado con mucha intensidad.

—Joven Rafi... —Me ha observado con la cabeza ladeada—. Próximo está el final de los dragones.

—Ya lo sé —le he dicho yo—, y prometo hacer todo lo posible por evitarlo.

Se ha hecho un largo silencio.

Cuando ha vuelto a hablar el dragón, su voz era débil, fatigada.

—Probable es que el final de los dragones sea también el de Rafi.

Y he sabido que tenía razón.

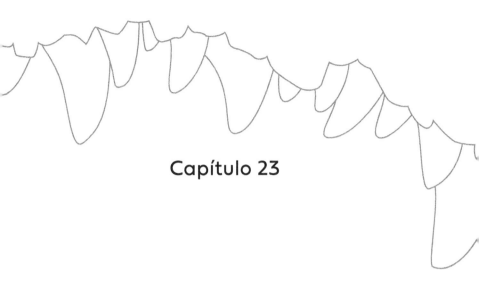

Capítulo 23

Aún es de noche cuando Maud y yo salimos de la cueva y bajamos hasta la orilla del río. Saludo a Elegante, Arisco y Pelusa, que está más rolliza que nunca. Luego ordeño a Amapola, y nos ponemos en marcha. Hemos calculado que a estas horas todavía tendremos tiempo de cruzar la ciudad sin llamar la atención, parar a comprar víveres, si hay suerte, y emprender nuestro camino antes de que puedan encontrarnos Stubb y Gringolet.

Nos equivocamos.

Llegamos al puerto, que aún no se ha despertado del todo. Al vernos subir desde el camino del río, seguidos por las cabras, un hombre que lleva un tonel por el muelle nos mira de manera rara. Pasamos al lado de una grúa y de un almacén sin luz. Estamos a punto de salir a una calle con tiendas.

—Puede que si llamamos a la puerta, abran antes para vendernos lo que necesitamos.

De repente abre mucho los ojos y me arrastra del brazo hacia la oscuridad de un callejón. Las cabras se apelotonan a mi espalda.

—Meee —se queja Amapola.

—Shhh —la hace callar Maud mientras señala algo con el dedo.

En la esquina de la siguiente manzana acaba de aparecer un viejo conocido: Stubb. Lleva un farol que ilumina la calle. Lo sigue un grupo de diez hombres y mujeres, todos fornidos. En respuesta a una orden suya, dos hombres tuercen por una calle y otros tres se desgajan del grupo en sentido contrario. Parecen todos muy atentos. Algunos llevan porras.

Maud traga saliva.

—Rafi, son trabajadores de la fábrica de mi padre.

Entiendo lo que quiere decir.

—Nos están buscando. ¿Cuánta gente trabaja para él?

—Cielo santo… —susurra Maud—. Cientos o miles de personas. —Hace un gesto de preocupación con la cabeza—. Pronto estarán por toda la ciudad.

—Pues entonces mejor que nos vayamos.

Regresamos al muelle sin llamar la atención y nos escabullimos por la senda paralela al río, seguidos por las cabras. La luz del alba hace brillar la roca blanca del acantilado. Bajo nuestros pies crujen la arena y los guijarros.

El acantilado va perdiendo altura a medida que el río describe una amplia curva. Mientras sale el sol, haciendo que el cielo vire al gris, y luego al rosa, perdemos de vista la ciudad. Llegamos a un sendero que serpentea entre zonas pantanosas.

—Meee, meeee, meeeeeeee —no paran de quejarse las cabras.

—Qué hambre tengo… —se lamenta Maud. Luego se ríe—. Es lo que están diciendo las cabras, ¿no?

—No —contesto—, es que no les gusta ir por un suelo tan blando.

Seguimos caminando hasta que el sendero desemboca en una carretera elevada, con pavimento de bloques de piedra.

—Bueno, cabras, ya está —dice Maud—. Seguro que esto os gusta más.

Tiene razón. Tras mirar en ambas direcciones, subimos a la carretera. Ahora que pueden ir por una superficie dura, las cabras se ponen a trotar. La ciudad ya ha quedado a nuestra espalda. A un lado de la carretera hay ciénagas, al otro campos escarchados, y a lo lejos granjas y establos. También se ve una mancha morada en el horizonte.

—Colinas —digo, señalándola con el dedo—. Y detrás una montaña.

Sé que Maud no la ve, pero yo sí: se eleva detrás de las colinas como una blanca torre.

—¿Sabes qué te digo, Rafi? —pregunta Maud—. Que necesitamos urgentemente víveres. Por otra parte, aunque a ti el frío no te afecte, si tenemos pensado subir a una montaña me hará falta un abrigo más grueso, unos mitones y un sombrero. Tendremos que parar en la primera población que encontremos.

Aunque no me guste la idea, tengo que reconocer que está en lo cierto.

—Bueno, la primera puede que no —le digo—, por si Gringolet nos ha hecho seguir por más trabajadores de tu padre.

Maud se muerde el labio, apartando la vista.

—Rafi… —Espero a ver qué dice—. Rafi, no quiero que lo llames «mi padre», solo «el señor Flitch», ¿vale? —Sonríe con una de esas sonrisas suyas de mercurio—. Aunque tienes razón, habrá que ir con cuidado. —Empiezan a brillarle los ojos—. De hecho, creo que habrá que disfrazarse.

Seguimos por la carretera, atentos a quien pueda venir, mientras hablamos de cómo entraremos en alguna población y volveremos a salir, después de comprar víveres, sin que se fije nadie en nosotros. Le digo a Maud que aunque en alguna población no estén los esbirros del señor Flitch, seguro que por orden suya Gringolet y Stubb habrán dejado carteles de esos con mi cara, y tanto no puedo disfrazarme.

—Y no hablemos de las cabras —añade Maud—, que son lo que más nos delata. Tendré que entrar yo sola mientras me esperas fuera.

Nos hemos sentado al lado de la carretera, en un terraplén de hierba, y nos estamos acabando la fruta seca del paquete que nos dio el dragón de Skarth. Mientras Maud rasca el hocico de Pelusa, subo al terraplén y miro a mi alrededor. Ni siquiera me hace falta tener tan buena vista. Justo delante hay un sitio donde comprar víveres.

—Detrás de una curva del camino hay un pueblo —le digo a Maud al bajar y reunirme con ella.

—Ah, qué bien —contesta, dándole la última caricia a Pelusa—. Nunca había visto una cabra tan gorda. —Abre una de sus bolsas y hurga en su interior—. Ah —dice, y saca unas tijeras de costura.

Me las da.

—¿Qué quieres que haga yo con esto? —le pregunto.

—Mi disfraz —responde ella con una alegría exagerada—. Córtame el pelo. Voy a ser un chico. Déjamelo tan corto que no quede ni un solo rizo.

Le dejo un flequillo negro desigual que hace parecer enormes sus ojos color miel. Maud se agacha para agarrar un poco de tierra y pasársela por la nariz y las mejillas, tapándose las pecas. Después de incorporarse, se pone mi gorra, saca la mandíbula y se cruza de brazos.

—¿Qué te parece?

Hasta con el pelo cortado de cualquier manera y la cara sucia, está mucho más guapa que cualquier chico.

—Mejor que no te veas —contesto, levantándome.

—¡Hum! —dice ella mientras vuelve a rebuscar en su bolsa. Saca un trozo cuadrado de cristal y lo mira—. Pues a mí me parece un muy buen disfraz.

—¿Es un espejo? —pregunto.

Sé qué son, pero nunca he visto ninguno.

—¿Quieres verlo?

Me lo da. Lo levanto, y al mirarlo me encuentro con un niño raro: yo. Me acerco el espejo y me miro a los ojos muy atentamente, más allá de las sombras, intentando ver la chispa que vio Maud en mi interior, y antes de ella el señor Flitch.

Es una cara muy seria, muy airada. Entiendo que pueda dar miedo a las personas normales. Posiblemente sea verdad que me conviene hacer el esfuerzo de sonreír más a menudo.

Al mirar a Maud por encima de mi hombro, su cara se refleja al lado de la mía: una bonita tez morena, manchada de tierra, y el pelo muy corto.

Practico con ella mi sonrisa.

—¡Yiip! —exclama ella, echándose hacia atrás.

Me giro a mirarla. Ella me sonríe, medio temblando.

—Lo siento, Rafi, perdona. Se me había olvidado.

—¿El qué? —pregunto al devolverle el espejo.

—Bueno, es que diferente sí que eres —contesta mientras lo guarda—, y la verdad es que un poco peligroso también, pero ahora, al mirarte, ya no me doy cuenta. —Vuelve a levantar la vista hacia mí—. En el fondo, eres un chico muy normal.

—¿Normal? —pregunto con escepticismo.

—Pues sí —responde ella, a la vez que echa a caminar en dirección al pueblo, seguida por las cabras y por mí—. Eres bueno, valiente, tozudo, sumamente amable y... —Se encoge de hombros—. Normal.

Al llegar adonde empieza el pueblo, me siento detrás de un murete mientras Maud va a comprar víveres.

—Ten cuidado —le digo cuando se aleja.

—Pero Rafi —se burla—, claro que tendré cuidado.

No lo tiene bastante.

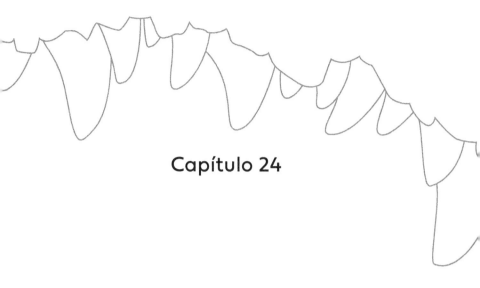

Capítulo 24

as cabras se buscan un lugar al sol para dormir. Yo me siento, con la espalda en la pared, y mientras espero…

… pienso en ser «normal»…

… me preocupo por Peña Dragón…

… y me quedo traspuesto.

De repente, oigo un grito lejano y me incorporo con los ojos muy abiertos. Se me ha acelerado el corazón de golpe. Me levanto y miro el grupo de casas. Del centro salen nubes de humo.

Algo raro pasa.

—¡Vamos, cabras! —grito mientras echo a correr hacia el pueblo entre los socavones de la carretera de tierra.

Paso jadeando al lado de las primeras casas. A partir de un momento la carretera se ensancha, convirtiéndose en una plaza de pueblo con pavimento de piedra.

En el centro están aparcados dos carros de vapor, los que vi cerca de Skarth. Las ruedas traseras son grandes, con radios; las delanteras tienen remaches de latón que brillan y están pintadas de verde esmeralda. Uno de los carros suelta humo negro por una alta chimenea.

Al lado está Maud, delante de tres personas. Una, Gringolet, la sujeta por el brazo sin dejar que se suelte. Me parece ver una mano que golpea a Maud con tanta fuerza que la tira al suelo.

Ya he cruzado media plaza para abalanzarme sobre Gringolet y sus dos esbirros: soy un simple niño contra tres adultos, pero no puedo dejar que le hagan daño a Maud. Al pensarlo, noto que mi chispa se convierte en llama.

—¡Rafi! —chilla Maud.

… Y se abaten a mi alrededor las sombras y mis pasos adquieren más peso, como si temblara el suelo bajo mis zancadas; en torno a mi campo visual veo ráfagas de chispas que se alejan de mí, también llamas. Al girarse y verme, Gringolet suelta un grito agudo y estridente. Sus hombres se alejan dando tumbos. Los persigo. Desde el torbellino de sombras que me envuelve, se extienden mis manos y, con una fuerza llegada de algún sitio —no sé dónde—, agarro a uno por la camisa y lo lanzo por la plaza, estampándolo contra el muro de una casa. Se queda en el suelo como un montón de harapos. Luego se levanta como puede y huye a toda prisa. También se escapa el otro.

—¡Id a buscar a los demás! —les grita Gringolet.

Se gira hacia nosotros… y da un paso hacia Maud.

—¡Déjala en PAZ! —rujo.

Gringolet se aleja, acobardada.

Mi siguiente paso la hace huir por una calle, llamando a gritos a sus hombres.

Maud se levanta y mira como loca a todas partes. Luego recoge una bolsa y la arroja a toda prisa a uno de los carros de vapor.

¿Pero qué está haciendo?

Después de agarrar otra bolsa, empieza a subir al carro.

Veo a Gringolet, que está sacándose la aguja larga y afilada de la manga. También veo a sus dos hombres. Han traído refuerzos: más trabajadores corpulentos, con porras y cuchillos, que convergen todos hacia mí por la plaza.

—¡Elige, Rafi Cabelagua! —dice Gringolet con todas sus fuerzas—. ¡Si vienes con nosotros, dejaremos a la chica en paz, a tu pueblo también!

Siento avivarse mi chispa. Doy un paso. Son muchos, diez hombres, pero puedo enfrentarme a ellos.

—¡Rafi! —grita Maud. La miro, tiene la cara amoratada y le sale sangre por la nariz—. ¡Venga!

Respiro dos veces para serenarme mientras rodeo mi cuerpo con brazos temblorosos y, haciendo un gran esfuerzo, devuelvo a su lugar de origen mis chispas y mis sombras. Luego giro sobre mis talones, corro hasta el carro de vapor y me subo por la rueda trasera.

Una vez a bordo, veo un tablero lleno de esferas, botones y volantes de latón. Debajo hay una puertecita de hierro cerrada, que palpita de calor. En la parte delantera distingo una enorme caldera de latón con remaches y la alta chimenea que escupe humo negro.

Maud está embutiendo las bolsas debajo de un banco de madera bruñida. Me hace sitio.

—Sube… sube —dice sin resuello.

—Ya estoy —jadeo—. ¡Venga! ¡Hazlo correr!

Maud se incorpora y señala con el dedo.

—Tira de esta palanca —me ordena.

Acciono la que me queda más cerca. No pasa nada.

—¡Hacia el otro lado! —exclama Maud.

Al levantar la vista, veo que Gringolet y sus hombres se nos están echando encima por la plaza del pueblo.

—¡Vengaaa! —chilla Maud—. ¡Vamos!

Empujo la palanca con todas mis fuerzas, y el carro de vapor empieza a moverse estrepitosamente. Suben y bajan los pistones y giran las ruedas. Por la chimenea salen chorros de humo negro. El carro da saltos por los adoquines hacia una de las casas, cada vez más deprisa.

—¿Cómo lo dirigimos? —digo a pleno pulmón, para hacerme oír sobre el ruido del motor.

En vez de contestar, Maud se inclina sobre mí para accionar otra palanca. El carro gira en el último segundo, evitando la casa por los pelos. Dejamos atrás a Gringolet, quien está dando órdenes a grito pelado. Maud conduce hasta la carretera.

Me giro y me pongo de rodillas encima del asiento para mirar hacia atrás. Gringolet y sus hombres ya se han apretujado en el otro carro y se disponen a salir en nuestra persecución. Mis cabras trotan por la plaza. Pelusa, la rolliza, se está quedando rezagada.

—¡Mis cabras! —chillo.

A Maud se le escapa un grito.

—¡Madre del amor hermoso! —Vuelve a inclinarse para usar la misma palanca, haciendo que nuestro carro reduzca velocidad hasta frenar del todo—. Date prisa, Rafi. ¡Date prisa!

En la plaza, el carro de vapor de Gringolet tiembla y se pone en marcha dentro de una nube de humo completamente negro.

Detrás del asiento sobre el que estoy de rodillas, hay un recipiente alargado lleno de carbón.

—¡Subid! —llamo a las cabras.

Amapola y Elegante saltan ágilmente al estribo, de él al montón de carbón. El siguiente es Arisco, con un ruido de pezuñas que arañan la pintura verde. Salto al suelo para recoger a Pelusa, que agita las patas hasta que encuentra un punto de apoyo y se reúne con las demás.

Maud casi tiembla de ganas de marcharse.

Subo otra vez al carro. Aún no me he sentado y Maud ya empuja la palanca, haciendo que salgamos disparados justo cuando el carro de Gringolet acelera hacia nosotros.

Maud echa un vistazo por encima del hombro. Después me mira con una de sus típicas sonrisas relámpago.

—Es la primera vez que conduzco uno de estos cacharros —dice en voz alta, haciéndose oír por encima del ensordecedor traqueteo del motor de vapor.

Miro a Gringolet, que recorta distancias por la carretera.

—¡Se están acercando! —exclamo.

—¡Pues habrá que correr! —Maud gira uno de los pequeños volantes—. Así debería avivarse un poco el fuego. Echa un poco de carbón en la cámara. Creo que hay guantes en alguna parte.

—No los necesito —le recuerdo, antes de sacar una pala de mango largo de detrás del asiento.

Maud señala la puerta de hierro. Al abrirla, noto el calor en mis manos desnudas. Dentro, el fuego de carbón es de un color entre naranja y blanco, tan intenso que deslumbra. Sale una ráfaga que hace apartarse a Maud.

Me apresuro a echar más carbón y cierro de un portazo. Luego, pongo la pala en su sitio y compruebo si están bien las cabras.

El carro de vapor de Gringolet está más lejos. Veo que lo conduce ella y que sus diez esbirros van agarrados a un lado del vehículo o montados detrás, sobre el carbón.

Justo cuando estoy mirando, el carro de Gringolet da una serie de saltos y se queda parado, rodeado de vapor.

—Les ha fallado un pistón —dice Maud, echando un vistazo por encima del hombro.

—Lo que sea.

—Tendrán que bajar y repararlo. —Asiente, satisfecha—. Tardarán todo el día en conseguir las piezas de repuesto. Les vamos a tomar la delantera.

Lo malo es que no podemos escaparnos. El carro tiene el problema de que nos obliga a quedarnos en la carretera, y mientras sigamos por ella sabrán exactamente adónde vamos.

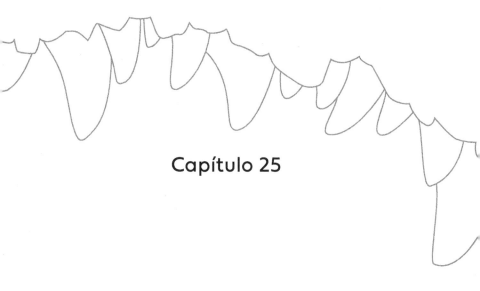

Capítulo 25

Conducimos mucho tiempo sin ninguna señal de que nos sigan Gringolet y sus cazadores. Pasamos al lado de varias granjas y unas cuantas aldeas. Un trecho de la carretera es paralelo al río. Me duele el trasero de tanto saltar sobre el asiento de madera dura, además no se me va de los oídos el traqueteo del motor. De vez en cuando tengo que alimentar el fuego con carbón.

—Hace hervir el agua, y así se forma el vapor —explica Maud en voz muy alta, por el petardeo del motor—. Luego el vapor hace que funcione el mecanismo, pero no sé muy bien cómo. —Se gira a mirar la carbonera—. Espero que no nos quedemos sin carbón.

Luego me enseña a conducir girando la palanca, que ella llama «caña».

—Quiero consultar un poco el libro del dragón y el mapa —dice, sacándoselo del bolsillo del abrigo.

Encajada en una esquina del asiento, con los pies en el tablero, intenta estabilizar lo suficiente el libro para leerlo. Las ruedas saltan por encima de un enorme bache. Maud hace una mueca.

—¡Ay! —Se lleva la mano a la boca—. Me he mordido la lengua.

Bien entrada la tarde, decide que es hora de parar. Vuelve a consultar el mapa y señala un grupo de árboles bastante apartado de la carretera.

—Creo que es aquí.

Sale de la carretera y frena el carro accionando un volante de latón. El motor se queda en punto muerto, mientras sale lentamente el humo por la chimenea.

—¡Uf! —dice en el silencio repentino—. Voy a conducir un poco más y aparcar entre esos árboles. ¿Podrías borrar las huellas que salen de la carretera?

—OK —contesto.

Me alegro de pisar hierba mullida. Las cabras me acompañan.

Maud se lleva el carro. Después de rastrillar la zona donde nos hemos salido de la carretera, cubro de ramas secas los primeros surcos que han dejado las ruedas en la hierba.

Miro a mi alrededor, llenando mis pulmones, y me doy cuenta del largo trecho que hemos recorrido. El río y los acantilados de Skarth están muy lejos. Tenemos delante una apretada sucesión de colinas boscosas, tras las que se yerguen laderas empinadas que culminan en una enorme montaña de forma cónica: el Protocubil. Al verla me late con fuerza el corazón y me falta el aliento. Mi chispa interior arde intensamente.

Seguido al trote por las cabras, corro hasta el grupo de árboles donde me espera Maud, en el otro lado de un montículo. Al acercarme veo que nuestro carro desprende una gran nube de humo negro y se queda en silencio.

Maud baja con el libro y el mapa desplegado.

—Aún tenemos una hora de luz —digo al acercarme—. Podríamos haber seguido para acercarnos más al Protocubil.

—Teníamos que parar —responde Maud, desplegando otra sección del mapa—. Aquí cerca hay un pueblo con dragón. —Se gira a mirar las colinas que nos rodean—. Al otro lado de esa loma, si es correcto el mapa. Como mínimo podremos avisar al dragón sobre mi… sobre el señor Flitch y su colección.

Es verdad.

Tras una última consulta al mapa, lo pliega y se guarda el libro en el bolsillo.

—¡Por aquí! —dice.

Caminamos por la base de la colina, dejando a las cabras entre los árboles. Aproximadamente a medio camino encontramos un sendero estrecho que cruza otro pequeño bosque. Nunca había estado rodeado de árboles. Es curioso lo pequeño que hacen que me sienta. Seguimos el camino mucho tiempo hasta salir de entre los árboles y subir por un lado de una colina.

—Un momento —le digo a Maud, apretándole el brazo—. Escucha.

Se para. Nos quedamos en medio del camino.

Oigo un tintineo agudo y lejano. Luego otro más grave, seguido de una sucesión de campanadas.

Maud me mira con los ojos brillantes.

—¿Sabes qué es?

—¿Campanas?

—Espera y lo verás.

Continuamos. El camino sube por la colina. En una hondonada entre ella y otras dos hay una aldea, un grupo de casas encaladas. Es de donde proceden las campanadas.

Al acercarnos, veo que todas las casas tienen campanas en los aleros. Las hay de hierro, de plata ennegrecida o de latón; pequeñas como arándanos o grandes como huevos, e incluso más. La brisa las hace tintinear. La más grande está en medio del pueblo, en una torre alta.

—Qué maravilla, ¿verdad? —pregunta Maud con una sonrisa.

Estoy a punto de decir que sí, pero de repente me doy cuenta de algo.

No hay nadie.

Y la mitad de las casas están quemadas.

Llegamos a la primera. Tiene la puerta abierta, las ventanas rotas y todos los muros chamuscados. El jardín está infestado de rosales que se desbordan por el camino. La siguiente casa está igual de quemada y de abandonada.

Vamos al centro del pueblo. La campana de la torre tiene una cuerda medio deshilachada. Maud la estira, provocando unos tañidos desolados y graves que resuenan entre las colinas.

Traga saliva, consulta el libro y me mira.

—Claro, acumulaba campanas —dice en voz baja—. Y las compartía con los habitantes de su pueblo.

Asiento.

—¿Dónde?

Mira el mapa.

—La guarida la tenía allí —dice, señalando una colina.

Subimos sin hablar hasta la loma donde estaba la guarida del ladrón de campanas. Arriba no crece nada. La roca está pelada. En medio hay un montón de piedras, rodeado de campanas medio derretidas. Hasta la piedra está chamuscada.

—Maud… —susurro y le indico con el dedo.

Se gira. Más allá de la cima, hay una especie de túnel hecho con dos hileras de pilares curvos que, al juntarse por arriba, forman un arco con bultos, detrás, una enorme roca blanca recubierta… de pinchos.

No es ningún túnel, sino una caja torácica; y no es ninguna piedra, sino un cráneo. Es el esqueleto de un dragón. Enorme, muchísimo mayor que el de Coaldowns.

—Ah, ya lo veo… —Los dedos de Maud tiemblan al meter el mapa en el libro, cerrarlo y guardárselo con mucho cuidado en el bolsillo—. Hemos llegado tarde —susurra—. Se nos ha adelantado.

Durante nuestro recorrido por el pueblo desierto y medio arrasado por las llamas, Maud se detiene a mirar el camino, sin embargo, tengo la impresión de que no lo está viendo.

—Rafi… —susurra.

—Ya, no hace falta que lo digas —contesto, poniéndome a su lado y pasándole un brazo por los hombros.

Está pensando otra vez en su padre, sabiendo que ha matado lo que ella más quiere: un dragón.

Seguro que lo ha hecho Gringolet por él. Puede que entonces aún no hubiera renunciado a su chispa. Con la huella del dragón podía acercarse mucho y matarlo, porque no se quemaba con las llamas.

Maud se apoya en mí. Noto que tiembla.

—¿Qué crees que se habrá llevado del dragón de las campanas?

—En la sala de la colección no vi campanas —respondo.

—Yo tampoco. —Suspira—. Tiene que ser otra cosa.

Lo comprendo de golpe.

—Su chispa —digo, entonces pienso en lo tonto que he sido por no darme cuenta.

Maud se gira a mirarme.

—Lo tuyo es una chispa, Rafi, pero lo de los dragones mucho más, ¿no?

Asiento.

—Te apuesto lo que sea a que es lo que quiere de ellos: su fuego. —Me lo pienso—. Su poder.

—¿Por qué? —susurra Maud—. ¿Por qué, por qué, por qué? La pregunta es esa.

Desconozco la respuesta.

Volvemos por el mismo camino, sin hablar. El sol se esconde detrás de las colinas; al caer la noche, el aire se vuelve húmedo y frío.

Nuestro lugar de acampada es un pequeño claro entre los árboles. El carro de vapor está aparcado cerca. Las cabras duermen todas dentro, en el contenedor del carbón. Les gusta más que dormir sobre la hierba blanda.

Maud hurga en su bolsa, saca una vela y la enciende.

Yo reparto la cena, lo que ha elegido Maud sin pensar en el precio, porque llevaba encima una bolsa llena de oro. A la luz vacilante de la vela, comemos uvas de invernadero, pan, queso blando, tacos de carne adobada y huevos duros con pimienta, también unas pastas de frutos secos espolvoreadas con azúcar, un poco aplastadas por haber estado dentro de la bolsa, pero no demasiado.

Al acabar de comer, Maud se tumba en el suelo con las manos en la barriga.

—Menudo banquete. —Suspira de satisfacción—. Rafi, ya sé que tenemos problemas muy grandes y que nos persigue Gringolet, y me da una pena tremenda lo del dragón de las campanas y lo de mi… del señor Flitch, pero no puedo evitarlo: nunca había estado tan contenta.

—¿Por qué? —le pregunto, cruzado de piernas en el suelo, mirándola.

—No, por nada… Por estar aquí y saber que ya conoces la verdad de mí, lo cual es un alivio enorme. También por saber que estoy a punto de descubrir todos los secretos sobre los dragones.

—Y que podemos ayudar a que se salven —añado.

—Eso. —Vuelve a sentarse, y se saca del bolsillo del abrigo el libro del dragón—. Escucha, Rafi.

Encuentra el punto que buscaba y lee en voz alta:

Si algo necesita el dragón, es un tesoro. Cada dragón acumula cosas distintas, como:

ratones
trozos de cristal transparente para mirar a través
espejos
tazas con flores azules
campanillas
libros
arañas

relojes de bolsillo

vidrio marino

cucharas de plata

mitones y otra ropa de punto

dibujos de flores bonitas

—¿Te das cuenta de lo que significa esta lista, Rafi? —pregunta, mirándome—. Pues que hay muchos más dragones. A todos no puede haberlos encontrado, ¿no? Espero que no.

—¿Pone algo sobre las personas que tienen la huella del dragón? —pregunto.

—De momento, no —contesta ella y pasa la página—, pero al ser un manuscrito es muy difícil de entender.

—Sonríe—. Mejor dicho garraescrito, porque lo escribió un dragón. —Acerca la vela para ver mejor. Falta poco para que se consuma—. Aquí también habla sobre las guaridas.

Acerca la vista, y al girar otra página su codo choca con la vela, que se cae al suelo y se apaga.

La veo parpadear a oscuras.

—Ohhhh —susurra—. Pero qué tonta soy.

—¿Por qué? —le pregunto.

Se gira hacia mí, aunque sé que no hay bastante luz para que pueda verme.

—Es que he usado la última cerilla que teníamos para encender la vela, Rafi.

—¿Y qué?

—Pues que sin cerilla para encender el motor no podremos salir por la mañana con el carro. ¡Estamos atascados, Rafi!

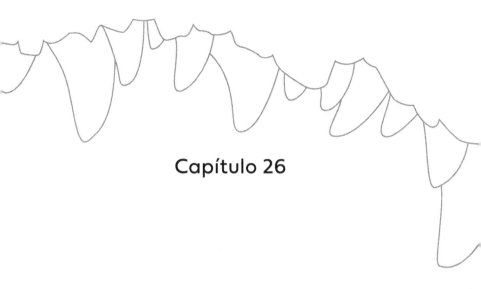

Capítulo 26

Ninguno de los dos duerme mucho esa noche. Seguro que Maud se está imaginando a Gringolet y sus cazadores por la carretera, tal vez con refuerzos. Hasta podría venir el señor Flitch en persona.

Yo me quedo despierto, pensando en motores de vapor alimentados con carbón.

Me levanto justo cuando el cielo está tiñéndose de rosa y se filtra luz gris en nuestro campamento. Maud se incorpora entre bostezos y se frota los ojos.

Las cabras están al lado del carro de vapor, paciendo muy juntas. ¡Ahora no hay cuatro, sino seis! Una de ellas está mucho más flaca. Durante la noche, Pelusa, la rolliza, ha parido dos crías, una negra y la otra blanca, con caras chatas de cabrito y el hocico muy pequeño.

—¡Oh! —Maud se pone en cuclillas y tiende una mano a los pequeños—. ¡Mira, Rafi! ¡Son monísimos! —El blanco se le acerca, tambaleándose—. ¡Qué pequeño!

Me agacho para verlo más de cerca.

—Sí, es verdad.

—Y su hermana, qué adorable...

Maud se inclina para mirar por detrás de Pelusa, donde se ha escondido el otro cabrito.

—Hermano —la corrijo.

Me sonríe efusivamente.

—Pues entonces a la blanca, que es chica, le pondremos Nube, y al negro...

Me acuclillo para verlo mejor y asiento con la cabeza.

—Al negro, Carbón.

Carbón y Nube se bambolean hacia Pelusa, que está de pie. Las crías meten la cabeza debajo de su madre y empiezan a mamar de su ubre, meneando la cola de alegría a la vez que beben.

Yo aprovecho para ordeñar a Amapola. El primer vaso se lo doy a Maud. Después lleno otro. La leche de cabra caliente está buenísima, pero me hace echar de menos a papá. Parpadeo para contener una oleada de nostalgia de Peña Dragón.

Maud está de pie, con los brazos en jarras, mirando consternada las dos grandes bolsas llenas de comida y de ropa de invierno.

—Es mucho peso para llevarlo a cuestas. Encima los cabritos no podrán caminar mucho. —Mira el carro con mala cara—. No me puedo creer que se me apagara la llama.

—Bueno —digo yo lentamente—, sobre eso tengo una idea.

—Rafi, Gringolet no puede andar muy lejos —me recuerda ella—. Y el señor Flitch ha amenazado a tu pueblo. Tenemos que darnos prisa.

—Ni que lo digas —respondo—. Pero déjame pensar un poco.

Se sienta, encogiéndose de hombros, y abre el libro del dragón para empezar a leer.

Yo me acerco a inspeccionar el carro de vapor.

Es un trasto enorme, reluciente, pero...

... al examinarlo le encuentro cierta lógica.

Ruedas delanteras para cambiar de dirección. Justo delante del asiento del conductor está la cámara de combustión, encima la caldera, llena de agua. Cuando está encendido, el carbón calienta el agua y produce vapor. Me subo al asiento del conductor para verlo mejor. Sí, hay un tubo brillante de latón que baja desde la caldera. Las esferas, botones y volantes del tablero: me hago una idea para qué sirven. Hay un tubo pequeño de cristal medio lleno de agua, que indica que aún hay bastante agua en la caldera. Tirando de un botón se aplica más grasa a los componentes móviles del motor. Abro la válvula para que al fuego no le falte aire. Con un vistazo al contenedor de detrás del asiento, me doy cuenta de que nos queda mucho carbón. Agarro la pala y cargo la cámara de combustión.

Ahora la chispa. Me arrodillo al lado de la puerta de la cámara de combustión y miro dentro. El carbón, negro y brillante, se acumula abajo, en una reja. Meto la mano y lo distribuyo para que se queme bien.

Justo entonces mete Maud la nariz.

—¿Pero qué haces, Rafi? ¡Si se ha apagado el fuego y no tenemos cerillas! Es imposible ponerlo en marcha.

Me giro y me la quedo mirando.

También ella me observa.

Sé qué ve en mis ojos.

—Cielo santo… —Se le corta la respiración—. Ya lo entiendo. Pues venga, hazlo.

Dentro de mí tengo una chispa. Ya se ha avivado algunas veces, cuando me enfadaba, o cuando protegía a alguien o algo querido. Quizá pueda usarla.

Me concentro. Mi visión se estrecha, invadida por las sombras. En lo más hondo de mi pecho, al lado mismo de mi corazón, percibo un clic y siento la llamarada con la que se aviva la chispa.

—¡Yiip! —grita Maud y desaparece.

Me concentro en el carbón de la cámara de combustión. Es un mineral. En principio debería costar encenderlo, pero mi llama interna le habla. Brota un ardiente fogonazo, y en la cámara de combustión, poco después, palpitan llamas naranjas y amarillas, que hacen temblar el aire. Saco la mano, cierro la puerta de la cámara y me levanto.

—¡Ya está, Maud! —digo.

Su cara reaparece al lado del carro, con los ojos brillantes.

—¡Qué bien lo has hecho, Rafi!

Le sonrío. Cualquier otra persona huiría de alguien como yo; cualquiera menos Maud, a quien le parezco «normal».

—¡Venid, cabras! —las llama.

Me da una bolsa demasiado llena. Hacemos subir a las cabras, incluidas Pelusa y sus crías. Luego, cargamos los víveres y volvemos con el carro a la carretera.

Conducimos casi toda la mañana sin ver a nadie. Cada vez tenemos más cerca las colinas, también la montaña donde está el dragón de cristal. Nos turnamos. Ahora llevo yo la caña, mientras Maud intenta descifrar el libro del dragón. Involuntariamente, pienso todo el rato en el funcionamiento del carro de vapor. Quizá sea mi chispa, que siente afinidad por el calor y la potencia del motor. La expansión del vapor, que empuja los pistones y hace girar las ruedas. Qué bien encajan todas las piezas.

Me hace pensar en las enormes máquinas que vimos en la fábrica del señor Flitch, las que estaban tapadas con lonas. Una de ellas palpitaba de calor y de potencia. No creo que fueran carros; maquinaria de la fábrica tampoco…

—¡Rafi! —me interrumpe Maud.

Parpadeo y la miro. Está muy seria.

—Para un momento —grita para hacerse oír.

Tiro de la palanca y cierro el regulador de la cámara de combustión, con lo que el carro se detiene con un suave traqueteo.

—Mira. —Maud señala algo—. ¿Hay algo delante de nosotros, en la carretera?

Ella debe de verlo como una simple mancha, pero yo, en una curva del camino que lleva a las montañas, veo que hay un carro grande que escupe humo negro. Enfoco la vista. Lo conduce una cara conocida, alguien de color ceniza, cubierto de alfileres que brillan.

—Gringolet —digo muy serio.

—Oh, no. —Maud aprieta los puños—. Nos habrá adelantado durante la noche.

Me subo al banco y uso la mano de visera para ver mejor. En la parte trasera del carro de Gringolet van muchos hombres de aspecto francamente duro, con trajes de cuero que parecen ignífugos. Detrás van otros dos carros con tres vagones, en los que hay algo enorme, cubierto con lonas. Lo reconozco: es una de las máquinas gigantes de la fábrica del señor Flitch.

Vuelvo a sentarme en el banco, junto a Maud. Mis pensamientos giran y giran como los engranajes de un motor de vapor.

La máquina. La llevan a la montaña, al Protocubil. La ha construido el señor Flitch. ¿Será un arma para luchar contra dragones?

En tal caso, falta algo.

Si se impulsa con vapor y se alimenta de carbón, ¿dónde está el carbón para que funcione?

Por otra parte, solo es una de las misteriosas máquinas que vimos en la fábrica del señor Flitch.

¿Dónde está la otra?

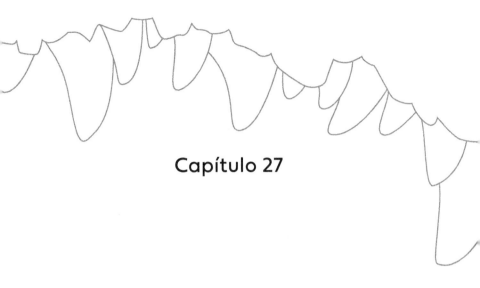

Capítulo 27

La comitiva de Gringolet avanza deprisa. Veo que los pesados vehículos salen de la carretera por un camino sin pavimentar que sube hacia la montaña del Protocubil.

Maud saca nuestras bolsas de debajo del asiento y las tira al suelo.

—Date prisa —me regaña.

Vuelvo a mirar atentamente el Protocubil. Los árboles llegan hasta media montaña. De ahí para arriba todo son laderas empinadas de un color gris ceniza, con alguna mancha de nieve.

Maud me tira del brazo. Parpadeo y la miro.

—¿Me has oído, Rafi? Te he dicho que si nos damos prisa podremos llegar a la montaña antes que Gringolet. —Señala con el dedo—. La carretera hace una curva. En cambio nosotros podemos llegar en línea recta.

En línea recta. Claro. Cierro el regulador y noto que se apaga el fuego del carro. El motor desprende los últimos restos de humo y de vapor.

Salto al suelo y me reúno con Maud y las cabras.

Las cabras. La montaña no es para ellas.

Bueno, las montañas en sí son ideales, pero no si es posible que viva en ellas un dragón grande y hambriento. Señalo a Arisco, el macho grande.

—Quédate aquí —le ordeno.

Recojo las dos bolsas de Maud y nos adentramos por el bosque de gruesos pinos nevados que tapiza las estribaciones. Al principio la pendiente no es muy fuerte, pero en poco tiempo el camino que seguimos desemboca en un brusco ascenso en zigzag. Oigo jadear a Maud, quien a duras penas logra mantener el ritmo, pero no puedo ir más despacio.

—¡Ra...! —Le falta el aliento—. ¡... fi!

—¡Qué! —contesto.

Llegamos a una curva. Yo giro y continúo subiendo, sin embargo Maud se para y se apoya en las rodillas, intentando recuperar la respiración.

—No sé... —jadea— si te has dado cuenta... pero... —Se incorpora y sacude la cabeza—. Se ha hecho de noche.

Miro a mi alrededor. Es de noche, en efecto. Al este, un resplandor indica que pronto saldrá la luna.

—No sé si podré seguir caminando mucho tiempo —dice con voz de cansancio.

Yo quiero seguir, y podría, pero no pienso separarme de ella.

—Vale. —Me sale un tono brusco—. Podemos hacer un descanso. Gringolet no podrá conducir a oscuras por la carretera con todos esos carros. También tendrá que pararse a pasar la noche.

Caminamos un pequeño trecho más, hasta la línea irregular donde los pinos dejan paso a la ladera gris ceniza. Maud se pone las manos en la cintura y levanta la vista hacia la oscura forma cónica de la montaña del Protocubil.

—Maud —le pregunto, dejando las bolsas en el suelo—, ¿tú sabes para qué sirven esas máquinas tan grandes que vimos en la sala donde trabaja el señor Flitch?

—Ni idea —contesta—. Lo único que sé es que se pasa el día haciendo pruebas con la maquinaria de la fábrica. Le interesa casi tanto como los dragones.

—Gringolet está subiendo una al Protocubil —le digo—. Va cargada en varios vagones, detrás del resto de los carros de vapor. ¿Crees que podría ser algún tipo de arma?

Parpadea.

—Pues me parece muy posible —responde sin inmutarse.

Acampamos sin hacer ruido y cenamos lo que queda de comida. Maud no tarda mucho en bostezar.

—Buenas noches, Rafi —murmura al acostarse.

Se queda dormida en cuanto cierra los ojos. Yo no puedo conciliar el sueño. Mi chispa interior arde con demasiada fuerza y me hace estar más inquieto que nunca, como si no cupiese dentro de mi piel. Me levanto y me paseo por el pequeño claro donde hemos hecho el campamento. Me paro a sacar una manta de una bolsa, y después de abrigar a Maud con ella reanudo mi paseo. El aire es frío, seco. Al cabo de un rato sale la luna, despuntando por las copas de los pinos.

Me giro a mirar la montaña. Estamos acampados justo donde se acaba el bosque. A nuestros pies se extienden frondosos los pinares. Encima hay laderas empinadas y cubiertas de nieve, que brillan a la luz de la luna.

Tengo una idea rara. En cierto modo, el señor Flitch acumula dragones. Quizá le obsesionen, como a Maud, pero de una manera retorcida. Me acuerdo de cómo me miró al ver la chispa al fondo de mis ojos. Su expresión fue de codicia. Ya la ambicionaba entonces. Sin embargo, la de Gringolet, cuando la tuvo, no se la quedó. ¿Para qué la usó?

Me quedo quieto en la aterciopelada oscuridad, contemplando el Protocubil. Desde aquí parece que alguien haya rebanado la cumbre de la montaña con un cuchillo gigante, dejando un corte dentado como las murallas que rodean los castillos. También veo una línea más borrosa. Es el camino. Por ahí subirá Gringolet con la máquina gigante. Si queremos llegar antes, Maud y yo tendremos que emprender la escalada en cuanto salga el sol. De momento, quien domina las alturas es la luna, cuya luz plateada se derrama por las faldas de la montaña.

Justo cuando miro, aparecen dos siluetas en la cima y se arrojan por el borde. Primero se caen, y a continuación planean. Solo son sombras oscuras. De pronto veo reflejarse la luna en el borde escamoso de unas alas y el fulgor de un ojo.

Dragones.

Me tiembla todo el cuerpo al contemplar su vuelo. Verlos me llena de emoción, de miedo y de una extraña euforia. ¡Son dragones! Tan poderosos, tan espléndidos, que me dan ganas de lanzarme a las alturas y volar con ellos, ala con ala.

Durante parte de la noche vuelan en silencio, dando vueltas por encima de la carretera. Comprendo que están espiando a Gringolet y sus hombres, y el bulto de lona de la misteriosa máquina. Ampliando el círculo, sus colosales y negras siluetas se deslizan en silencio sobre mí, hasta que uno bate sus alas y los pinos reciben una ráfaga de viento. Por unos instantes se recortan sus siluetas contra la nieve de las laderas. Luego suben por encima de la cumbre, y desaparecen.

Me paso el resto de la noche dando vueltas alrededor de nuestro campamento en espera de que se haga de día. Por fin se tiñe el cielo de gris perla, y de rosa la nevada falda de la montaña. Me dispongo a despertar a Maud, pero en ese momento veo algo al borde de la cumbre rebanada: un dragón. Su silueta, diminuta en la distancia, permanece en su sitio durante un segundo, luego se desliza sobre la ladera, dejando un reguero de ceniza y nieve. Sigue bajando, cada vez más grande, hasta que contengo un grito y se me dispara el corazón: acabo de darme cuenta de que viene directamente hacia mí.

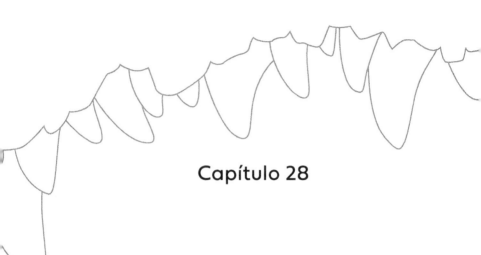

Capítulo 28

L a llegada del dragón a nuestro campamento va acompañada de un impacto que hace temblar el suelo, también de un remolino de ceniza seca que luego va posándose a su alrededor como un polvo de reflejos plateados.

Oigo algo a mis espaldas: es Maud, que se incorpora. Después suelta un grito agudo, acaba de ver al dragón.

Doy varios pasos hacia él.

A su lado parezco muy pequeño. Es el doble de grande que el de Coaldowns. El color de sus escamas va desde un azul profundo hasta un negro lustroso en la zona de las patas. Las alas, medio desplegadas en el lomo, como si se dispusiese a reemprender el vuelo, son de un morado más claro. Una cresta de pinchos lo recorre desde la cabeza hasta la punta de la cola, como una hilera de cuchillos. En lo más profundo de sus negros ojos late una chispa. Huele a hielo, a roca fría y a aire puro de montaña, pero desprende un calor palpitante, que derrite la nieve alrededor de él.

Me quedo mirándolo con el corazón a mil por hora, pero antes de haber podido decir nada se abalanza sobre mí y, separando las alas con un ruido seco, se eleva del suelo conmigo entre sus garras.

—¡Rafi! —chilla Maud.

A partir de entonces ya no oigo nada, debido al viento que sopla en mis oídos. El dragón sobrevuela el bosque a baja altura. Sus garras me rodean el pecho y dejan mis piernas colgando. Se me cae un zapato. Lo veo descender y desaparecer entre los pinos. Luego el dragón se inclina y, con un aleteo, sube otra vez por la ladera, generando de nuevo un viento atronador. Atisbo la cumbre. Ya estamos por encima de su borde. Distingo el Protocubil a mis pies.

Toda la parte superior de la montaña es hueca, como un cuenco mineral. O como un nido. Y está llena de dragones.

¿Qué hacen aquí? Me consta que a los dragones no les gusta nada abandonar sus guaridas. Enseguida lo entiendo: se las ha destruido el señor Flitch. Se esconden aquí porque han sido expulsados. Tengo tiempo de ver en el centro del nido un dragón enorme de color rosado, rodeado por unos cuantos del mismo tono morado que el que me transporta, así como por otros de todos los tamaños y colores. También hay un gran estanque con dragones dentro. De repente, el dragón que me lleva cierra las alas, y siento náuseas al caer en picado.

El suelo de roca se aproxima a una velocidad de vértigo. El dragón gira y me suelta. Me desplomo desde un par de metros. El dragón se posa cerca, en un remolino de polvo.

Me levanto con un solo zapato y miro a mi alrededor. Las paredes altas y curvadas del Protocubil me dominan desde una gran altura. Arriba del todo se ve el círculo del cielo, que conserva el color rosa de la aurora. El aire, en mis pulmones, parece efervescente. Siento que dentro de mi pecho arde la chispa en toda su potencia.

Estoy rodeado de dragones. Se acercan todos, torciendo el cuello para verme. Dejo que vengan sin moverme de mi sitio. Reconozco el dragón morado y negro que me ha traído. Sacude las alas y las dobla en su espalda, pulcramente. Al lado hay otro más pequeño, con escamas de un blanco desvaído, cuerpo esbelto, cuatro zarpas y una melena gris que se deshace en zarcillos alrededor de su cabeza. Otro dragón rojo mate, del tamaño de un caballo, tiene alas, patas delanteras y cola como de serpiente. Un dragón verde oscuro sale del estanque y repta por el suelo de piedra, mojándolo. En vez de alas tiene aletas y carece de dientes. Veo más lejos otros dos dragones de agua que me observan desde el estanque, y un dragón marrón oscuro, con la cresta roja, enroscado alrededor de su tesoro de cucharas de plata. También hay un dragón azul claro, más grande, que se bambolea hacia mí con dos cabezas que parecen enzarzadas en una discusión.

Me miran todos fijamente. Aunque haya tantas diferencias de forma y de color, todos los ojos son iguales, oscuros como sombras, con una llama dentro.

Percibo un temblor en el suelo y oigo a mis espaldas un susurro de escamas que se rozan, acompañado por el ruido sibilante de un aliento cálido. Al girarme veo el mayor de todos los dragones. Ojalá estuviera Maud. Creo que tendría miedo, pero que también estaría fascinada, y que sacaría su cuaderno rojo para tomar notas. El gran dragón se acerca, perforando con sus garras el suelo de piedra del Protocubil. Ya se cierne sobre mí.

Es el dragón de cristal. Tiene las escamas traslúcidas, de un rosa como con manchas de sol, y alas de cristal bordeadas de rubí. Una cresta deshecha en esquirlas desiguales lo recorre desde la cabeza hasta la cola. En lo más profundo veo su chispa, un núcleo derretido de llamas que desprende un fulgor tenue.

Se acomoda en el suelo con una especie de gemido y dobla el cuello hasta que su enorme cabeza queda justo delante de mí. Percibo el olor caliente de truenos y relámpagos que irradian sus escamas, y me despeina su aliento al husmearme. Gira la cabeza para examinarme en toda mi estatura.

Debería tener miedo, pero no lo tengo.

—Hola —le digo.

Todos los dragones retroceden un poco al oír mi voz, luego se acercan para oírla. El dragón rojo mate se echa en el suelo como un perro, con la cabeza apoyada en las patas delanteras, y la cola de serpiente enroscada por detrás.

—¿Qué es? —pregunta una de las cabezas del dragón azul bicéfalo, mirándome.

—Shhhhh —chista la otra.

Me percato de que ambas llevan gorros de lana con pompones. Lo leyó Maud en la lista de tesoros del libro: «mitones y otra ropa de punto». También llevan bufandas enroscadas en sus cuellos de serpiente.

De lo otro que me percato es de que todos los dragones, incluido el azul oscuro, son viejos y de que sus chispas ya no arden con la debida fuerza. Su decrepitud no llega a los extremos de la del dragón de Coaldowns, pero tampoco es que sean mucho más jóvenes.

Respiro hondo y hablo alto:

—Soy Rafi. Tengo la huella del dragón y he venido a avisaros.

—Ahhhhh —musita el dragón de cristal, a la vez que avanza una de sus colosales patas delanteras para hacerme girar con la punta de una garra y verme por todos los lados.

—¿Nos avisa? —pregunta el dragón de agua con voz húmeda.

—¿Nos avisa del Flitch? —pregunta el rojo mate.

—Sí —contesto.

El gran dragón azul oscuro que me ha traído aquí suelta una especie de bufido, expulsando una nube de humo blanco por sus fosas nasales.

—Más saben los dragones del Flitch que esta criatura.

—No es verdad —protesto, girándome a mirarlos a todos—. Uno de los cazadores de Flitch, Gringolet, está subiendo al Protocubil con una máquina; creo que podría ser un arma para matar dragones.

Mis palabras despiertan murmullos entre los dragones, que me miran como un bicho, o algo que pudieran pisotear si dijese algo que no fuera de su agrado.

El dragón azul oscuro tiende la zarpa delantera y, sin tiempo para escabullirme, atraviesa la tela de mi abrigo con la garra y me levanta. Me debato como un gusano en un anzuelo. De repente el dragón me da una sacudida que hace que entrechoquen todos los huesos de mi cuerpo. Luego, me deja caer en el duro suelo de piedra del Protocubil.

—No sabe nada. —Su tono es despectivo—. Es demasiado pequeño, blando, fofo y tonto.

Me levanto del suelo. No se equivoca. Siento una fuerte punzada de desesperación. Soy un niño. ¿Qué puedo hacer yo para ayudar a los dragones? ¿Y si…, y si no puedo hacer nada? También queda un poco de espacio en mi cabeza para preocuparme por Maud, que se ha quedado sola en la ladera. Espero que no tenga demasiado miedo.

De repente, vuelve a cobrar fuerza la llama que arde en mí y miro con hostilidad al dragón azul oscuro, apretando los puños.

—¡Escúchame! —le grito—. Flitch es peligroso. Está sacando de sus guaridas a los dragones y… los colecciona. Colecciona sus chispas, sus llamas. Os destruirá a todos. No dejará ni uno.

El dragón azul oscuro me observa con dureza.

—¿Qué crees tú, que no lo sabemos?

Expulsa otra nube de humo blanco, pero yo no retrocedo.

En ese momento se levanta el dragón de cristal, rosado como el alba, haciendo un gran estrépito.

—Con gran intensidad arde tu llama —me dice—, pero no ves. Ven, mozuelo, ven a ver el tesoro de este dragón.

Capítulo 29

El dragón de cristal se gira con gran pesadez de movimientos. Los demás le abren paso. Su tamaño es como el de un barco a toda vela, con los estandartes desplegados al viento. Yo en su estela soy como una barca. Me lleva al borde del Protocubil, donde se unen en una suave curva el suelo de piedra y las paredes. Después, se sienta y enrosca la cola alrededor de un gran baúl de madera, a la vez que lo abre con la punta de una garra.

—¿Ves? —pregunta.

Pasando por encima de la punta de su cola, miro el contenido del baúl. Sobre el forro, de terciopelo verde, están expuestos...

Tiendo una mano, pero la dejo a medio camino y levanto la vista hacia el dragón. Me está observando. Veo el fuego que contiene su ojo, profundamente oscuro.

—¿Puedo? —pregunto.

—Sí —contesta.

Meto la mano en el baúl y saco una de las piezas del tesoro. Es un trozo de cristal redondo y pulido, más o menos del tamaño de mi mano. Una lente. Para ver con más claridad al ponérsela delante del ojo. La devuelvo a su sitio. Al lado hay un espejo con un lado plateado, que refleja el cielo, ahora ya más azul. El baúl contiene muchas otras lentes y espejos, así como unos cuantos anteojos.

Vaya.

—No tengo ninguna expiación para ti —le digo al dragón de cristal, que ladea su cabeza.

—Criatura con la huella del dragón, que con tal fuerza ardes —pregunta, con una voz que parece hecha de campanas—, ¿qué ves? ¿Qué es un dragón?

No sé qué contestar. Seguro que Maud sabría la respuesta. Sacaría su libreta roja y les explicaría todo lo que sabe. Los demás dragones están cerca, a la escucha.

—Un dragón es grande y poderoso —digo lentamente. Luego me acuerdo del de Skarth—. Aunque también puede ser muy pequeño y un poco cascarrabias. O estar cansado, como el dragón de Coaldowns.

Me acuerdo de lo que ponía en el libro de Ratch sobre los dragones, lo de que eran malos. También me acuerdo de que a mi padre lo quemó uno.

Levanto la mirada hacia el dragón de cristal, y en ese momento lo veo: un dragón es así, enorme, esplendoroso. Nada que pueda coleccionar un hombre como el señor Flitch. Él baja la cabeza hasta que sus ojos quedan justo delante de los míos. Al fondo, muy al fondo, está la chispa. Este dragón acumula espejos y lentes.

—¿Qué ves? —susurro.

Con la punta de una garra pesca uno de los espejos del tesoro y lo cuelga delante de uno de sus grandes ojos.

—Dragón —dice.

Al lado de una garra tan enorme, el espejo parece diminuto. El dragón baja la zarpa y me pone el espejo delante.

—¿Ve claro? —pregunta—. ¿Ve qué es un dragón?

Cojo el espejo. Es de una redondez perfecta y tiene la lisura de un estanque. Lo miro. Es mi cara, como ya la vi una vez en un espejo cuando Maud se disfrazó.

—¿Tú qué eres? —pregunta el dragón de cristal.

Sigo mirando el espejo. El rojo de mi pelo es tan intenso y dorado como el de las brasas.

—¿Tú qué eres? —vuelve a preguntar el dragón de cristal.

La expresión de mi boca es muy seria, y mis facciones airadas.

—¿Ves lo que eres? —pregunta por tercera vez el dragón.

Concentro la mirada en mis ojos, tan oscuros que a Tam del Panadero le parecían llenos de sombras, y que, según Maud, parece que absorban la luz. Aún me acuerdo de cuando Maud se acercó y, tras examinarlos, dijo en voz baja: «Aquí dentro hay una chispa, Rafi».

No son los ojos de un niño humano.

Sé qué son. Lo veo en el espejo.

Son ojos de dragón.

—Pero no puedo ser un dragón —digo. Levanto la vista hacia el de cristal y abro los brazos para mostrarle lo que soy—. Soy… soy un niño.

En la voz del dragón suenan de nuevo campanillas.

—¿No ves lo que eres?

Me miro. Soy el hijo de Jos Cabelagua, y siento una mezcla de nostalgia y de preocupación por mi pueblo. Solo llevo un zapato. Voy vestido con ropa de lo más normal, la que me dio Maud. Mi corazón humano late con fuerza dentro de mi pecho. Mis manos tiemblan tanto que tengo que sujetar bien el espejo para que no se me caiga. Sin embargo, en mi interior arde la chispa con más fuerza que nunca.

—¿Cómo? —susurro—. ¿Cómo puedo ser un dragón?

—Ven —dice el dragón de cristal al levantarse, desenroscando la cola de su tesoro de lentes.

Apoya la pata delantera en el suelo y la gira. Tras dejar el espejo con el resto del tesoro, me subo a la zarpa que rodea mi cintura. El dragón de cristal se separa del suelo con una ráfaga de viento. Se oyen tronar sus alas, y de pronto nos posamos en el borde del Protocubil. Desde lejos parece el de una taza. Al apearme de la zarpa del dragón de cristal, veo que el borde tiene una anchura de tres metros y que está sembrado de trozos de roca. Los demás dragones también alzan el vuelo y se posan alineados por el borde, como una hilera de enormes pájaros multicolores.

Tengo el Protocubil a mis espaldas, y encima el gran cuenco azul del cielo. Desde aquí veo que se está levantando la niebla matinal entre los pliegues de las estribaciones nevadas. La línea borrosa de la carretera sale de ellas y se difumina en una distante llanura. El aire es gélido. Sopla un viento muy fuerte, que hace que me cueste mantener el equilibrio. Me apoyo en la pata del dragón de cristal y palpo sus escamas lisas y calientes.

Él gira su descomunal cabeza y me contempla.

Mis siguientes palabras me las arrebata el viento:

—¿Vas a convertirme en un dragón?

—Ya eres un dragón —me dice él.

—¿Cómo? —grito con todas mis fuerzas.

Vuelve a girarse.

—Vuela —dice.

Trago saliva.

—¿Quieres que salte?

—No —dice el dragón de cristal—. Vuela.

Me acerco cuidadosamente al borde y me asomo. La falda de la montaña es muy abrupta, solo piedra y ceniza, con algunas manchas de nieve pegadas a la roca, pero no tan arriba. Más abajo está la línea oscura de los árboles.

A mi lado, el dragón azul oscuro resopla.

—El descenso es muy largo —dice—. Este niño fofo se caerá en las rocas. Lo dejará todo perdido.

Sí que es largo, sí...

—Mira —dice el dragón de cristal, señalando con una de sus garras.

Me giro hacia donde me indica. Muy por debajo de nosotros hay una nube de humo negro. El viento trae a mis oídos el vago traqueteo de un motor de vapor. Luego, sale de entre los árboles la comitiva de Gringolet, y avanza por la carretera que asciende por la falda de la montaña. En cabeza va el gran carro de vapor repleto de hombres. Después viene la enorme y misteriosa máquina tapada con lonas, de la que tiran otros dos carros.

—No hay tiempo —dice el dragón de cristal, rosado como el alba—. Tienes que ver lo que eres de verdad. Tienes que decidirte ahora mismo. Vuela.

Así que me lleno los pulmones, me despido de Rafi Cabelagua...

... y salto.

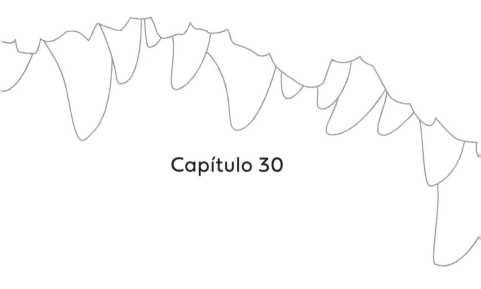

Capítulo 30

M e acuerdo del día en que vinieron a mi aldea Gringolet y Stubb, cuando estaba yo en Peña Dragón y tuve ganas de saltar y dejarme llevar por el viento. Si hubiera saltado, ¿me habría convertido en un dragón? ¿Mi yo dragón ha estado siempre a la espera?

¿O tras precipitarme de Peña Dragón me habría muerto abajo, en los riscos?

Me dejo caer del borde del Protocubil. Pasan a gran velocidad las empinadas laderas gris ceniza de la montaña, y me silba con fuerza el viento en los oídos.

Siento que mi cuerpo baja en picado con el peso de una piedra. Se acumulan chispas a mi alrededor, formando una estela que se lleva el viento.

La ladera de roca está cada vez más cerca. Cada vez más cerca.

Cierro los ojos. La fuerza del viento me hace girar. En cualquier momento se acabará todo, estoy seguro, y me estamparé en el suelo. De repente se ralentiza el tiempo, como cuando me tenía debajo de sus garras el dragón de Coaldowns. En lo que tarda en moverse el segundero de un reloj de pulsera se avivan las chispas a mi alrededor, así que ardo a la vez que caigo. Soy una estrella fugaz, un cometa, un relámpago. Piel, huesos, músculos… Todo se consume. Vuelvo a quedar bocabajo y a dar tumbos. La siguiente vez que me enderezo, se me despliegan las alas con un gran chasquido y todo mi cuerpo se sacude mientras digo a la tierra: «No, aún no puedes quedarte conmigo». Mis ojos se abren, veo las rocas cenicientas de la montaña a un solo palmo de distancia. Un segundo más tarde me sostienen dos anchas alas.

Soy fiero, poderoso. Mis músculos se contraen bajo escamas casi al rojo vivo. Para probar mis alas, giro y levanto más el vuelo. Sacudo la cola, la cual al empujar el viento me hace cambiar de dirección. El aire parece denso, sólido, algo que me sostiene, como el agua.

Desde muy arriba veo a los demás dragones, me observan alineados en el borde del Protocubil.

Se me abre la boca y emito un rugido de alegría. ¡Soy un dragón! El ruido hace temblar las rocas y provoca un desprendimiento de nieve que atraviesa la línea de los árboles.

Mis penetrantes ojos distinguen una pequeña silueta que trepa hacia el Protocubil por la falda de la montaña. Es Maud. Veo que tirita de frío, que le sangran las manos por los arañazos y que cojea, aun así persiste. De pronto se yergue y me mira, protegiéndose los ojos con la mano.

Es mi Maud. Por eso sé perfectamente cuáles son sus intenciones: a su amigo Rafi se lo ha llevado un dragón, y está decidida a rescatarlo.

Por otra parte, como científica experta en dragones, quiere verlos de cerca. Pues está a punto de tener su oportunidad.

Inclino las alas, bajo la cola y desciendo en picado.

Al verme, Maud chilla y se encoge en el suelo, tapándose la cabeza con las manos.

En el momento de abatirme sobre ella, tiendo una zarpa y la recojo suavemente, la sujeto con la misma delicadeza que un huevo. Me la aprieto contra el pecho para darle calor y para que no se congele con el aire helado. Luego apunto mi hocico hacia la cumbre y, agitando mis alas, gano altura sin esfuerzo, hasta que planeo por encima del borde del Protocubil. Finalmente, dibujo casi con pereza una espiral hasta el suelo de piedra. Los otros dragones me siguen y forman un círculo a mi alrededor.

Deposito a Maud con cuidado en el suelo. Sigue encogida, con las manos sobre la cabeza.

—¿Eres tú de verdad, Rafi? —pregunta con voz sorda, mientras se asoma temblando a mirarme.

¿Pero cómo lo ha sabido?

Lo entiendo de golpe. Quizá lo haya sabido siempre.

Con esta forma no puedo hablar con ella. La toco con la punta de una garra.

Ella se levanta. Veo cuánto tiembla, de frío y de miedo. Apretándose las manos, observa a los demás dragones y me mira con los ojos muy abiertos.

—Madre m-mía —murmura—. Eres tú de verdad.

—La pequeña humana tiene frío —dice una de las dos cabezas del dragón azul.

—Dale un poco de tesoro —dice la otra.

Se quitan uno de sus gorros de punto y se lo ponen a Maud en la cabeza. Ella grita un poco, porque es tan grande que le tapa la cara. Luego mira por debajo del gorro, mientras el dragón de la ropa de punto se quita la bufanda de uno de sus cuellos y se agacha con cuidado para dársela.

—Gracias —dice Maud.

Acepta la bufanda con los ojos brillantes y se envuelve en ella. Tanto el gorro como la bufanda son de hilo azul, y parece que abrigan bastante. Maud se acerca más a mí y me pone una mano en una pata. En ese momento me doy cuenta de lo grande que soy. No enorme, como el dragón de cristal; de hecho, ni siquiera llego al tamaño del de Coaldowns, así que soy pequeño, para ser dragón, pero para ser Rafi soy gigantesco, más alto que cualquier persona adulta. Maud no me llega ni a las alas. Mis escamas tienen el mismo color de brasa que mi pelo. Giro la cabeza para mirar por encima del hombro, veo unas alas que brillan como el fuego y una larga cola rematada en pinchos de aspecto peligroso. También siento dentro de mí un calor en fusión, candente, superior al de cualquier mecanismo alimentado con carbón. Mi chispa arde con más intensidad que la de cualquiera de los otros dragones. Si quisiera, podría abrir la boca y lanzar llamas que convertirían en cenizas todo lo que tocasen.

—Qué bonito eres, Rafi —dice Maud. Respira entrecortadamente—. ¿Sabes que tenía una corazonada? —Me mira como solo puede mirar Maud, con ese brillo de curiosidad en los ojos—. Por las cabras.

Ladeo mi cabeza. ¿Las cabras?

—Tantas cabras siguiéndote a todas partes... —Me sonríe—. Están viniendo, ¿no?

Tengo la certeza de que sí. Las echo de menos y espero que no tarden mucho en reunirse conmigo.

Maud se apoya en mi hombro.

—Tu tesoro son las cabras. —Se le forma una risa en la garganta—. Un tesoro-rebaño. Es algo sin precedentes. Vaya, yo nunca he leído en ningún sitio que una persona pudiera ser al mismo tiempo un dragón, pero al verte con las cabras sospeché lo que eras de verdad.

Hace lo más característico de Maud: deslizar una mano por la bufanda que la protege del frío para buscar en su bolsillo y sacar su cuaderno de notas sobre los dragones.

—Rafi —dice—, creo que he averiguado por qué quiere tu chispa el señor Flitch. —Mira a todos los dragones—. Y qué ha estado coleccionando realmente de los dragones que mataba. —Saca un papel doblado de la parte trasera del cuaderno—. Mira. ¿Lo entiendes? —pregunta al ponerse de rodillas y desplegarlo en el suelo de piedra.

Me agacho y lo estudió. Lo distingo tan poco con mis ojos de dragón como con los humanos. Resoplo de contrariedad, expulsando una nube de humo. En ese momento recuerdo qué me dijo el dragón de Skarth: «Rafi ve lejos. Leer no sabe. No alcanza la vista». Él tenía unas gafas muy pequeñas colgadas de una cadena.

Apoyándome en mis cuatro zarpas, me giro hacia el dragón de cristal, que ha venido volando con los otros para agazaparse junto a mí.

—¿Me prestas algo de tu tesoro? —le pido.

Su respuesta es tenderme unas gafas del tamaño idóneo para una persona muy corpulenta, o para un dragón más bien pequeño. Las sujeto con la zarpa e intento ponérmelas, pero se me caen. Maud las pilla justo a tiempo, antes de que se rompan en el suelo de piedra del Protocubil.

—Toma —dice, limpiando los cristales con la bufanda de punto—. Déjame probar a mí.

Bajo la cabeza. Maud se pone de puntillas y equilibra las gafas en mi hocico. Miro a través de ellas el papel que ha desplegado en el suelo. La imagen se enfoca a la perfección.

Maud se acerca.

—Pensaba enseñártelo esta mañana, Rafi —dice en voz baja—. Es que... es que no te dije la verdad sobre la sala de la fábrica donde trabaja el señor Flitch. No quería que pensases que sabía demasiado sobre ella, pero ya había entrado antes y había visto las máquinas que construye. Entonces las dibujé y me guardé el dibujo en mi cuaderno. Supuse que eran máquinas para la fábrica, pero ahora sé que no. He pensado que quizá pudieras entenderlas.

Es un esquema. Sí, ya veo cómo funciona: engranajes, pistones y cilindros.

Es una máquina, en efecto.

Aunque Maud no lo vea, yo sí: cuando esté en marcha, se desplegará y adquirirá la forma...

... la forma de un dragón.

Está hecho de engranajes y pistones, con garras de hierro pulido y dientes de metal afilado.

Maud se ha puesto en cuclillas a mi lado.

—Mira —dice, señalando el esquema—. No hay cámara de combustión ni motor de vapor. —Me mira—. ¿De qué se alimenta?

Examino atentamente el dibujo del dragón mecánico de Flitch. Maud tiene razón: no se impulsa por fuego de carbón, sino por otro tipo de llama.

Ya lo sé. Ahora sé qué quiere de verdad el señor Flitch de los dragones, también de mí. Para él, nuestra llama de dragones es útil y preferible al mismísimo carbón.

Me echo hacia atrás y abro mis fauces para emitir un rugido feroz, cuyos ecos reverberan como un trueno por toda la montaña.

Me doy cuenta de que Maud ha vuelto a encogerse en el suelo y a protegerse la cabeza con las manos.

«Perdona, Maud», me gustaría decirle.

Con un chasquido ensordecedor, despliego las alas y alzo el vuelo, porque Gringolet viene en busca de una chispa de dragón; viene a matar un dragón y a robarle la llama para alimentar una de las máquinas del señor Flitch.

Ah, y otra cosa, se lo voy a impedir.

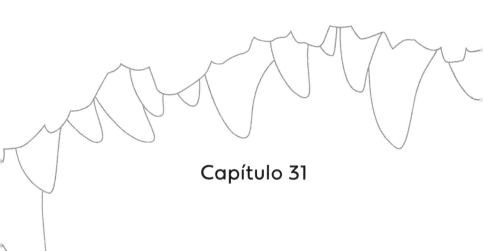

Capítulo 31

Azotando el aire con las alas, salgo del cráter y sobrevuelo el borde de la montaña.

Debajo, a medio camino de la cenicienta falda del Protocubil, está la comitiva de Gringolet.

Un golpe de alas me eleva aún más respecto a la montaña. Luego, bajo para ver mejor.

El carro de vapor que va en cabeza lo conduce Gringolet, quien al verme grita, salta al suelo y se esconde bajo el carro, como un bicho escabulléndose debajo de una piedra. Los hombres de la parte trasera se dispersan. Algunos sacan armas, otros tratan de ocultarse entre las rocas.

Desciendo y, al girar, sobrevuelo el bulto de lona del vagón tirado por dos carros de vapor. Uso una de mis garras para hacer un corte limpio en la lona, que al abrirse deja a la vista el dragón mecánico del señor Flitch. En su interior no hay fuego. Es algo muerto, puro metal sin chispa.

Gringolet venía al Protocubil para matar al dragón de cristal, robarle su chispa y usarla en este falso dragón.

Vuelvo a girar, mientras siento arder mi llama con más fuerza que nunca —atizada por toda mi rabia y mi dolor—, y abro las fauces para sepultar la máquina en un río de fuego.

Sé por qué me quería el señor Flitch, por qué le interesaba aún más que estos otros dragones: porque sus chispas no arden con la misma fuerza que la mía. Mi llama le habría permitido alimentar todas sus fábricas, así como un ejército de dragones mecánicos.

Suspendido en el aire, sigo bañando con mi fuego al falso dragón hasta que sus engranajes, varillas y pistones se ponen blancos de calor y acaban derretidos, como una masa informe e inútil de metal.

Entonces, con un gran rugido de victoria, levanto el vuelo a la vez que oigo chillar abajo, muy abajo, a los hombres de Gringolet, que huyen por la montaña.

Me lanzo en picado hacia donde se ha escondido Gringolet, la que, pudiendo haber sido un dragón, optó por otra cosa. En un torbellino de nieve, giro y me poso en el suelo.

Gringolet sale a rastras de debajo de uno de los carros de vapor. Huesuda, rígida, brillante de alfileres, ha perdido sus gafas ahumadas. Así puedo ver que sus ojos, donde hubo antaño una chispa, ahora están muertos. Al renunciar a aquella chispa, lo que perdió en realidad fue a sí misma. Se levanta, quitándose la nieve del pecho, y me mira de los pies a la cabeza con los brazos en jarras.

Luego asiente.

—Así que has elegido, Rafi Cabelagua.

—Sí —contesto, pese a saber que no me entiende.

Me gustaría preguntarle si ella se arrepiente de su elección, pero creo saber la respuesta.

—Ardes con fuerza, todo hay que decirlo —observa ella amargamente—. Ya me lo esperaba. En cuanto te encontramos en tu pueblo, esa aldea perdida en las montañas, le aconsejé a Flitch ir a por ti antes de que te dieras cuenta de lo que eres. —Se encoge de hombros—. En fin, da igual, no estás a tiempo.

¿Que no estoy a tiempo?

Asiente como si entendiera mi pregunta.

—Te convendría hacerte dos preguntas —dice con ironía—. Flitch no está aquí. ¿Dónde está? —Señala los restos derretidos del dragón mecánico—. Esta es una de sus máquinas. Dentro de la otra está mi chispa. ¿Por dónde anda?

Me atraviesa un miedo súbito. No puedo dedicarle más tiempo a Gringolet, así que alzo el vuelo y regreso al Protocubil. Bajo en espiral al interior, donde me espera Maud.

—¡Flitch! —le digo al dragón de cristal en el momento mismo en que aterrizo con un fuerte impacto en el suelo de piedra, cerca de su tesoro de lentes y de espejos—. Ha construido dos falsos dragones. ¿Dónde está el otro? —le pregunto—. ¿Tú lo ves?

Busca en el baúl de su tesoro y saca un cristal en forma de bola.

—Mira —dice—. Mira en el cristal y lo verás.

Me agacho para que Maud pueda volver a ponerme las gafas. Luego escruto la bola de cristal. Al principio está turbia. A partir de un momento se despeja.

—Te mostrará tu guarida —murmura el dragón de cristal cerca de mí—. El sitio donde tienes tu corazón, Rafi de Peña Dragón.

Así es. Cuando se abren las nubes reconozco las montañas, muy nevadas ya al principio del invierno. Y a sus pies mi aldea.

Solo le dedico una mirada rápida, porque en la carretera que viene de Skarth hay un carro de vapor que ensucia el aire con sus humos. Lo siguen otros dos, ambos con vagones. En uno de estos últimos hay algo enorme, envuelto en una lona.

Es el dragón mecánico. Y este lo alimenta una auténtica chispa de dragón.

Flitch está llevando la destrucción a mi aldea.

Agarro a Maud sin perder ni un segundo, e ignorando sus preguntas y protestas me lanzo a las alturas y pongo rumbo a mi hogar.

Flitch sabe que soy capaz de todo con tal de proteger Peña Dragón, mi guarida. Me estremezco solo de pensar en los horrores que podría infligir a mi pueblo. Me imagino casas incendiadas, ovejas muertas por doquier, Shar huyendo aterrorizada y papá intentando escaparse del dragón mecánico.

Soy una flecha, pura velocidad; con Maud contra mi pecho, acunada en mis dos zarpas, dejo una estela de fuego.

Llego tarde. Ya lo sé.

Abajo, las colinas se diluyen en el llano, y va disminuyendo en la lejanía la montaña del Protocubil. En el horizonte hay una mancha oscura: Skarth. Mi aguda vista de dragón vislumbra centenares de chimeneas de fábricas que escupen humo negro de carbón al cielo. Cambio de rumbo para dirigirme a las montañas. Un aleteo me eleva sobre el valle. Veo las cumbres desnudas y nevadas, también la carretera de

Skarth. Han quitado la nieve y se advierten profundos surcos. De pronto veo algo que aviva de cólera mi llama: una hilera de carros de vapor cargados de carbón que se alejan de Peña Dragón. Allí: más humo de carbón, donde no debería haberlo. Dejo atrás mi aldea, viendo que las casas continúan en pie. Entonces lo veo: una mina de carbón.

El señor Flitch me dio a elegir, pero no le hice caso. Me dijo que si no podía quedarse con mi llama, sacaría lo que necesitaba de debajo de mi pueblo. Necesita combustible. Está haciendo con exactitud lo que anunció: sacar carbón de las entrañas de Peña Dragón.

La mina queda a medio camino entre la aldea y la peña. En la ladera pedregosa de esta última, han excavado una vía de acceso. La mina es un agujero ancho y profundo. Apoyada en un enorme andamio de metal, una máquina trabaja a su máxima potencia, levantando nubes de humo negro a medida que excava la montaña y escupiendo rocas y esquirlas que se llevan con sus palas los trabajadores, para amontonarlas no muy lejos, como pilas de escombros. En los alrededores de la mina, la nieve ha quedado cubierta por una capa de polvo negro. Dentro de un remolino de humo negro, una hilera de vagones espera a ser llenada de carbón con destino a las fábricas de Skarth. Hay otra máquina que bombea agua de la mina y la vierte por la parte central de la calle que recorre el pueblo, un agua humeante que huele a huevo podrido. Junto a la entrada de la mina monta guardia un bulto enorme en un vagón, debajo de una lona: el dragón mecánico del señor Flitch.

Giro bruscamente y oigo gritar a los trabajadores, que me señalan todos a la vez. Otros salen corriendo de las tiendas.

Cierro las alas y me lanzo en picado hacia el suelo. Mi aterrizaje solo dura un segundo, lo necesario para depositar a Maud. Al volver a elevarme por los aires, vislumbro a los trabajadores. Jeb y Jemmy están al lado de un carro lleno de roca troceada. Veo a Tam del Panadero, que estaba recogiendo esquirlas de relave, y a la vieja Shar, encorvada bajo el peso de las piedras que transporta en la espalda. Se han quedado todos mirando. Veo que Tam tiene la boca abierta. A papá no lo veo. Espero que esté bien.

Maud sabe qué he venido a hacer: destruiré el motor de la mina de carbón y haré que el señor Flitch y sus hombres vuelvan por donde han venido. Protegeré mi aldea.

Maud se ha quitado el gorro y la bufanda de punto. Ya está gritando y agitando los brazos para decirles a los trabajadores que se alejen de la mina. Gano altura y veo a varios hombres que se apartan del motor, abandonándolo. De la boca de la mina salen muchos otros.

Dentro de mí se aviva el fuego, y mi rabia lo hace arder con más intensidad. Me elevo por encima de la cumbre de Peña Dragón, la guarida donde el primer dragón atesoraba tazas pintadas de azul. Luego, giro y me dirijo al motor de la mina.

Justo entonces brota un rugido del enorme bulto envuelto en lona del vagón situado cerca de la entrada de la mina.

Estoy preparado. Ya me lo esperaba.

Abriéndose por sus costuras, la lona revela una máquina que brilla con luz propia y maligna; una máquina que se despliega y alza el vuelo con un chirrido de metal y un ruido de engranajes. Manan nubes de vapor tóxico. Cuando se despejan, aparece.

El dragón mecánico.

Es mucho mayor que yo, muchísimo. Lo alimenta la chispa de Gringolet, pero también las chispas robadas al dragón de las campanas, y a cincuenta libélulas dragón, y al coleccionista de tazas que tenía aquí su cubil. Envuelto en vapor, íntegramente formado de metal, engranajes y remaches, tiene cuatro patas accionadas por pistones y en la punta de la cola una masa giratoria de cuchillas. Su piel metálica irradia calor en fusión. Aparece una cabeza gigantesca, que se mueve de un lado para el otro como si buscase algo. Cuando me acerco, se le abre rechinando la mandíbula y brota un chorro de calor y vapor que impacta en mí de lleno, haciéndome chocar con la ladera, con las alas arrugadas debajo de mi cuerpo. Al levantarme veo fugazmente el pecho del dragón mecánico, donde hay una ventana gruesa y cóncava. Dentro reconozco al señor Flitch. Está accionando palancas y pulsando botones. Es él quien manipula el dragón.

En cuanto me elevo otra vez por los aires, el dragón mecánico se cierne sobre mí, nublando el aire de hollín y oscuridad, y con un estruendo de engranajes se dispone a atacar, echando hacia atrás la cabeza. De sus fauces mana brea en llamas, un chorro fétido que se arquea hacia mí.

Aunque pequeño, para ser dragón, soy rápido: me aparto con un aleteo, y el proyectil de brea ardiente se deshace en las rocas. Con un batir de alas, paso al lado del dragón mecánico y, abriendo la boca, le disparo una ráfaga de fuego. Mis llamas rebotan en la piel metálica. Dentro, el señor Flitch acciona una palanca y la cola del dragón mecánico, que es como una maza, se mueve para golpearme. La esquivo, pero no bastante deprisa, y las cuchillas giratorias me hacen cortes en el flanco.

Rugiendo de dolor, doy vueltas por el aire hasta estamparme contra el suelo, rodeado por los gritos de la gente, que huye para ponerse a salvo.

Me levanto y, apoyado en mis zarpas, siento gotear sangre de mi herida. Dando latigazos de rabia con la cola, me sacudo el barro y la nieve de las alas.

El dragón mecánico me sigue, haciendo temblar el suelo a cada paso. Al otro lado de la ventana del pecho, veo que el señor Flitch me hace una mueca de desdén. Después levanta un brazo y, tras girar un disco, aporrea un botón. La boca del dragón se abre y brota un chorro de vapor hirviendo.

Sin embargo, ya no estoy. Acabo de emprender el vuelo. Por el aire no puede alcanzarme. Pongo rumbo hacia la mina y, mientras el dragón mecánico se bambolea en mi persecución, baño la máquina excavadora con mi fuego más ardiente. El andamio de metal se tuerce. Giro y hago otra pasada, esta vez para cortarlo con mis garras. Toda la estructura se ladea y, con un chirrido agudo de metal torturado, se desploma como un árbol gigantesco, quedando hecho trizas en la nieve y el hollín del suelo.

Suelto un rugido de victoria, pero el dragón mecánico ya ha dado media vuelta. De su boca salen nubes de humo negro, mientras se aleja de la mina destruida.

Hacia mi aldea.

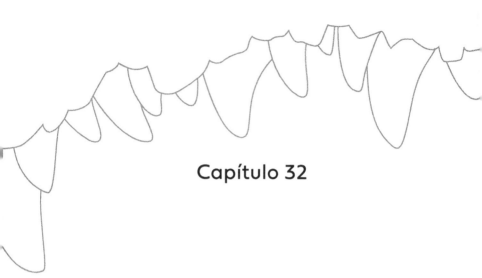

Capítulo 32

El dragón mecánico se acerca al pueblo con paso atronador. Yo lo sigo a la mayor velocidad que permiten mis alas, dejando un reguero de chispas y gotas de sangre de la herida de mi costado. La máquina sigue la calle principal, pasa la casa rehecha de Shar, la panadería y la herrería. Veo adónde se dirige el señor Flitch.

A la casa de mi padre, justo al borde de la aldea.

Desesperado, lo adelanto volando y suelto un chorro de fuego que lo envuelve desde la cabeza hasta la cola.

Persiste en avanzar.

Doy un giro brusco y me lanzo sobre él para arrastrar las garras por su lomo. Saltan chispas azules, sin embargo en la piel metálica no quedan ni siquiera marcas. Me doy cuenta justo a tiempo de que se me viene encima su cola-maza, que se estampa en el suelo con la fuerza de una roca.

Con un chirrido de engranajes, el dragón mecánico sigue avanzando.

Entonces veo algo que hace que el corazón me dé un vuelco dentro del pecho.

Es Maud, que corre con todas sus fuerzas por el centro de la calle. Pasa prácticamente por debajo de la panza del dragón mecánico, y al cabo de un momento cruza la verja del muro de piedra del corral de papá. Al llegar a la puerta de la casa, se gira y planta bien los pies en el umbral, como si su pequeño cuerpo humano pudiera aportar alguna protección contra el descomunal motor construido por su padre.

Levanta la vista hacia la máquina con una mueca de desesperación. Sé que el señor Flitch —su padre— también está mirándola.

La cabeza del dragón mecánico retrocede despacio, mientras se le abren las fauces y se escapa de ellas una nube negra de vapor.

En la puerta, Maud cierra los ojos. Está temblando como una hoja al viento, pero a pesar de todo no se aparta.

El señor Flitch va a hacerlo. Flitch va a matar a su propia hija.

He estado enfadado muchas veces, pero lo que siento ahora es algo más: es una llama ardiente y destructora que se va acumulando en mi interior hasta que emprendo el vuelo, batiendo las alas sin parar. Cuando llego a lo más alto, giro y las pliego para convertirme en un relámpago de fuego, dirigido al corazón del dragón mecánico. El ruido que hace el aire al ser surcado por la flecha que formo con mi cuerpo hace vibrar el suelo, y resuena en las rocas de los alrededores.

Gracias a mi estudio del carro de vapor, entiendo el funcionamiento del dragón mecánico y sé perfectamente adónde dirigir mis llamas para destruirlo.

Justo cuando paso como una exhalación junto al dragón mecánico, se abre mi boca y la llama de mi rabia se le clava de lleno como una lanza de luz. Esta vez es lo bastante caliente y poderosa como para perforar la piel metálica. La lanza se introduce hasta su corazón, las chispas de tantos dragones cazados, y muertos, por Flitch y Gringolet. Cuando mi llama entra en contacto con las chispas, arden juntas con la intensidad del sol, y tras medio segundo se apagan bruscamente.

Dentro del dragón metálico, se oye un chirrido de metal y el estrépito desgarrador de un motor de fábrica a punto de explotar por sobrecarga. El aire se ha llenado de hollín y vapor. La cabeza del dragón mecánico se echa muy para atrás, forzando el mecanismo. El animal de hierro se apoya en sus patas traseras. Se oyen rechinar los engranajes y desgarrarse el metal. El dragón se inclina hasta chocar con el suelo con un ruido ensordecedor que lo hace temblar todo.

Aterrizo en el camino y giro la cabeza hacia la puerta de la casa.

Está abierta. Veo a papá, con una mano en el hombro de Maud. Están mirándome fijamente. Luego, enfocan la vista en los restos destrozados del dragón mecánico.

Observó que Maud le dice algo a papá y que él me mira con los ojos muy abiertos. Luego Maud se aleja de la puerta. Primero creo que corre hacia mí, pero pasa de largo y, resbalando en la nieve y el barro, llega hasta el cadáver humeante del dragón mecánico.

—¡Ayúdame, Rafi! —exclama.

La máquina ha quedado reducida a metales retorcidos y pistones aplastados. De sus costuras abiertas salen cintas de humo pestilente. Maud trepa por los restos hasta lo que queda de la parte principal del motor. La ventana está rota. Entre esquirlas de cristal y restos de discos y palancas, yace el señor Flitch. Está pálido y tiene los ojos cerrados.

Maud se pone en cuclillas a su lado. Sobre el pecho del señor Flitch hay una placa de metal con remaches. Maud intenta moverla, aunque aparta la mano de golpe. Está demasiado caliente. A su padre debe de estar quemándolo.

—Deprisa, Rafi, ven y ayúdame a sacarlo.

Para mi yo dragón, la placa metálica no pesa nada, así que la levanto y la echo a un lado. Veo de reojo que papá acaba de salir cojeando de nuestra casa. Con la ayuda de Maud, extraigo al señor Flitch de los restos del dragón mecánico para llevarlo hasta el camino. Papá tiene en sus manos una manta, hecha por él con buena lana. Maud corre a cogerla y vuelve para tapar a su padre con ella.

El señor Flitch abre los ojos. Maud lo ayuda a incorporarse. Me doy cuenta de que lleva ropa ignífuga y protectora. La destrucción de su dragón mecánico no le ha provocado heridas graves. Aparta la manta de papá y se pone en pie.

Han llegado los otros habitantes del pueblo, quienes me observan murmurando. Distingo a Tam del Panadero, a Jeb y Jemmy y a Lah Buenhilo, que después de mirarme se inclina para susurrarle algo a John Herrero, el cual asiente.

El señor Flitch hace notar su presencia con una tos. Maud lo mira con los ojos muy abiertos, del mismo color que los de su padre, que me escrutan, entornados.

—Conque ha vuelto el dragón —dice con severidad el señor Flitch y lanza una mirada a los aldeanos—. Ya os lo había dicho. Además ha destruido la mina de la que depende todo el pueblo.

Mientras habla, llegan sus hombres desde la aldea. Veo en el camino a Stubb, con una vara de metal, y a otros con armas. Al principio parece que vayan a hacer alguna tontería, como atacar a los aldeanos o ir a por mí.

A mi yo dragón le parecen pequeños, como si estuviesen al final de un largo túnel. Yo soy fiero y poderoso. No me costaría nada abrir la boca e incinerarlos con un chorro de fuego.

Sin embargo, que no me cueste no significa que deba hacerlo.

Me limito a sacar humo por la nariz y estudiarlos con ferocidad, lo cual basta para que bajen las armas.

—¡Ajá! Ya os lo advertí —declara el señor Flitch—. ¡Cuidado! ¡El dragón es pérfido y peligroso!

Sus palabras hacen que los habitantes de la aldea, la gente a quien más quiero en el mundo, retrocedan con los ojos muy abiertos. No le tienen miedo al señor Flitch, o a sus hombres, sino a mí.

Me parece inexplicable.

Los dragones no se cansan fácilmente. No nos queman las llamas, ni nos afecta el frío. Somos fuertes. Incluso el dolor de la herida de mi costado es una simple molestia.

Esto, en cambio, me produce un dolor que se apodera de mi corazón. Me duele más que cualquier arma que pudiera construir el señor Flitch.

—Por Dios bendito... —Maud se pone delante de su padre con los puños apretados, fulminándolo con la mirada. Después hace lo propio con los aldeanos—. No es ningún pérfido dragón. Es Rafi. ¿No os dais cuenta?

—¡No es Rafi! ¡Es un dragón! —contesta Lah Buenhilo. Todos los demás asienten—. ¡Quiere destruir el pueblo!

—¡En absoluto! —dice Maud como si se le acabara la paciencia—. ¿Cómo podéis ser tan tontos? Rafi es un dragón. ¡Que sea distinto no significa que sea peligroso! Esta es su guarida, y la protegerá hasta la muerte. —Se saca del bolsillo su querido cuaderno rojo—. Además de ser la hija del señor Flitch, soy una científica, una experta en dragones. —Al ver la cara de perplejidad de los aldeanos, añade—: Un científico es alguien que sabe todo lo que se puede saber sobre algo, en este caso los dragones. —Le da el cuaderno rojo a la persona más cercana, que por casualidad es Shar—. Dígame usted, buena mujer —dice Maud pomposamente—, ¿no es propio este cuaderno de un científico experto en dragones?

Shar parpadea, enarca las cejas y abre el cuaderno. Examina la página como si leyera, pero la sorprendo mirándome con disimulo.

Sé qué está viendo: un dragón joven, de estatura no muy superior a la de un hombre alto. Tiene las escamas rojas y brillantes como el fuego, las alas magulladas, por haberse peleado con el dragón mecánico, y en el costado una herida de la que sale sangre. Y unos ojos… Los ojos debería conocerlos: muy oscuros, con una chispa al fondo.

Cierra el cuaderno de golpe.

—La señorita Flitch está en lo cierto —dice con rotundidad—. Es experta en dragones, y este dragón es Rafi, nuestro Rafi.

Los aldeanos murmuran de sorpresa, pero no parecen convencidos.

—Al margen de que sea «vuestro» Rafi —interviene el señor Flitch con su labia de siempre—, el caso es que el mundo ha cambiado. —Sus ojos penetrantes observan a los aldeanos—.

El mundo ya no necesita dragones, sino fábricas y carbón para hacerlas funcionar y gente que trabaje en ellas.

Mi padre, que hasta ahora se había quedado al lado de la verja, sale al camino cojeando, con todo su peso apoyado en la muleta, y le hace una señal con la cabeza al señor Flitch, sin mirarme siquiera.

—Es posible —dice. No está acostumbrado a hablar delante de tanta gente, pero lo hace con claridad, haciéndose oír por todos—. Pero tan buena tela como la que hago yo no hay otra. —Los aldeanos asienten—. Tampoco hay herreros que hagan veletas como las de nuestro John Herrero, ni ovejas que den lana más resistente y más liviana que las de Shar.

—Es verdad —reconoce alguien.

Veo muchos gestos de asentimiento. Papá respira hondo y continúa:

—Tampoco hay ningún queso más cremoso que el que hace Lah, ni perros pastores mejor criados que los de Mamá Rampa.

Más gestos y murmullos de consenso.

—Y eso, señor Flitch —dice papá—, me hace pensar que se puede quedar sus minas y fábricas. Aquí, en las rocas, no somos engranajes ni pistones. No somos piezas que hagan funcionar las máquinas.

El señor Flitch ha puesto mala cara. Sus hombres refunfuñan y vuelven a empuñar sus armas. Yo entorno los ojos y tenso los músculos, preparado para luchar.

De pronto, aparece Maud y señala con el dedo al señor Flitch.

—Este hombre —anuncia a todo el pueblo— es mi padre, y lo conozco más que nadie. Lo que quiere aquí no es ayudar.

Solo desea poder: la potencia del carbón, o una chispa que impulse sus máquinas, pues así ganará oro y más oro, y otro tipo de poder.

»Hay un libro… —prosigue Maud con fuerza, lanzando una mirada a Shar—, tal vez lo hayáis visto. Supuestamente lo escribió un tal Ratch. En un párrafo del libro se habla de una bestia que es… —cita de memoria—: «Destructora, taimada, ladrona, codiciosa, nauseabunda, antinatural, egoísta, despreciable, parásita y traicionera como ninguna otra». —Fulmina al señor Flitch con la mirada—. Las palabras del libro de Ratch no describen a los dragones, padre —exclama—. ¡Te describen a ti!

Su ira se enfoca en los aldeanos.

—Escuchadme ahora vosotros. ¿Quién preferís que os proteja? —Señala a su padre—. ¿El señor Flitch, que está convirtiendo vuestro pueblo en una mina de carbón y que ha demostrado ser «una bestia traicionera»? —Después, me señala a mí, lo que me convierte en el centro de todas las miradas. Quizá me estén viendo por primera vez tal como soy—. ¿O preferís a Rafi? Esta aldea es su guarida; es donde está su corazón, y lo protegerá hasta la muerte, igual que a sus habitantes. Elegid, gentes de Peña Dragón: ¿con cuál os quedáis?

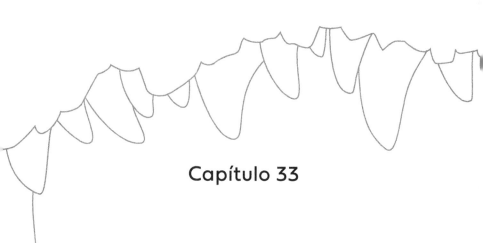

Capítulo 33

E n el libro de Ratch se decía que todos los dragones son seres malévolos y pérfidos que convierten cuanto los rodea en un páramo.

Ante la insistencia de los aldeanos en que el señor Flitch se marche de Peña Dragón, lo que dejan sus hombres es un páramo: agua envenenada, un cráter en la falda de la roca y maquinaria inservible.

Los habitantes del pueblo se alegran de que se vaya, con sus hombres y su mina de carbón.

Me han elegido a mí, aunque aún no lo ven muy claro.

Como buen dragón que soy, asciendo a mi guarida, en lo alto de Peña Dragón, y me acomodo entre los trozos de tazas pintadas de azul que atesoraba mi predecesor. Es un buen observatorio para observar cómo se alejan del pueblo los carros de vapor, traqueteando en dirección al valle. También veo los restos de la mina y los montones de cascotes donde antes pacían las ovejas. En primavera, pienso, volverán a pacer.

Maud sube a la roca para despedirse: me explica que está a punto de regresar a Skarth para ocuparse de su padre y arreglar las cosas.

—No es buena persona —dice—, pero cuando pudo matarme no lo hizo, así que podría ser peor. —Es una de las cosas que más me gusta de ella, que siempre encuentra alguna excusa para estar contenta. Luego, sin embargo, frunce el ceño—. Tendré que desprenderme de su colección de dragones. Si me da problemas, Rafi, te lo haré saber, así vienes y le echas un rapapolvo. También me aseguraré de que los otros dragones se reasienten otra vez en sus guaridas, sin que los moleste nadie.

No me cabe duda de que lo conseguirá. Por algo es una científica experta en dragones.

Suspira, apoyándose en mi costado, y contempla el panorama del que se disfruta desde mi guarida.

—Rafi, eres el mejor amigo que tendré en mi vida —confiesa con otro suspiro de satisfacción—. Te voy a echar de menos.

Yo también la echaré de menos.

—Lo más probable es que vuelva dentro de pocas semanas —añade—, cuando lo haya arreglado todo en Skarth. —Pone los ojos en blanco—. ¿Sabes qué pasa? Que mi padre es muy inteligente, pero en algunas cosas es muy tonto, por eso se me había ocurrido…

Si fuera un niño, me reiría. Cuando Maud se pone a pensar, empiezan los peligros.

Me mira de reojo, como si supiese que me río por dentro.

—No, Rafi, en serio, tengo una idea. Tu amiga Shar no se equivoca: todo está cambiando. Ahora hay fábricas y carros de vapor, y unas y otros funcionan con carbón. Lo malo es que las minas de carbón lo dejan todo perdido, y el humo de las máquinas que lo consumen ni te cuento. ¿Y si hubiese una manera de que los dragones…, no sé…, cediesen una parte de su chispa para que funcionaran todas esas cosas sin necesidad de carbón? No sería como cuando el señor Flitch os quitaba vuestra chispa. La estaríais dando, y solo una pequeña parte. Sería muy distinto.

La idea no podría ser más típica de Maud.

—Piénsatelo hasta que vuelva —dice alegremente. Me dirige una sonrisa luminosa—. Además, sé que no estarás solo.

Sí que lo estaré.

Señala con el dedo. Me parece mentira no haberlo visto antes que ella. Por el camino del pueblo está subiendo una fila de cabras. En cabeza va el macho, Arisco, luego Amapola, Elegante y todas las demás, incluidas las crías, Nube y Carbón. Al distinguirlos me embarga la profunda sensación de que todo está bien. Mi tesoro.

—Ah, sí, antes de que me vaya. —Maud mete la mano en el bolsillo, saca mis gafas y las deja en las rocas, a mi lado. Después, coge el libro del dragón y lo agita—. Esto tengo que llevárselo al dragón de Skarth para que lo añada a su tesoro de libros. Pero he leído algo importante y tengo que explicártelo. —Me da unas palmadas en la pata—. Es como ponerse al lado de un horno, Rafi. Ahora entiendo que aquí arriba nunca pases frío. Bueno, pues eso, que he acabado de leer el libro y ya sé todos los secretos sobre los dragones. El mejor es el que explica cómo los que tienen la huella del dragón pueden ser al mismo tiempo dragones y personas.

Me mira con los ojos muy brillantes, y después me lo explica.

Por la mañana, el niño que responde al nombre de Rafi baja de la guarida de Peña Dragón al frente de su tesoro de cabras. Durante la noche ha nevado, sin embargo solo llevo una camisa desgastada y unos pantalones. Voy descalzo. Nunca he estado del todo cómodo en mi forma humana y se me hace raro adoptarla. Siento arder la llama en mi interior. Niño, en realidad, nunca he sido. Era un dragón encerrado toda la vida en su forma de niño, hasta que descubrió su verdadero ser.

Maud me explicó que, al principio, todos los dragones tienen la huella del dragón y forma humana, pero que cuando su cuerpo humano envejece mucho ya no pueden metamorfosearse, entonces se quedan con la forma de dragón el resto de sus vidas, las cuales son muy largas. Debe de ser verdad, pues lo leyó en el libro del dragón.

Seguido por las cabras, dejo atrás las ruinas de la mina y me acerco a la casa de John Herrero, que está trabajando con empeño en la herrería, dando martillazos a algo. Al verme deja el martillo y levanta la veleta que está haciendo. Es un diseño nuevo. Tiene forma de dragón y se parece mucho a mí.

Noto que mi boca se abre en una amplia sonrisa.

—Si necesitas ayuda alguna vez para encender el fuego —le digo—, cuenta conmigo. ¡Solo tienes que avisarme!

Él parpadea y asiente.

—Vale, Rafi —contesta—. Descuida, te avisaré.

Sigo caminando sin dejar de sonreír. En medio del camino hay un canal para el agua extraída de la mina de carbón. La que queda está cubierta por una película y huele a azufre. Espero que la nieve, al derretirse, se la lleve toda.

Al llegar a su casa, Shar sale a mi encuentro. Apoyada en la verja con los brazos cruzados, me mira de los pies a la cabeza.

—Vaya vaya, Rafi.

—Buenos días, Shar —saludo educadamente, como me ha enseñado papá.

Me sale una voz rasposa, como si hubiera hecho gárgaras con fuego. Que las he hecho, supongo.

Shar me dedica su más penetrante mirada.

—Mañana es día de colegio —dice—. Vendrás, ¿no?

—Claro —contesto.

Estoy impaciente por enseñarle mis gafas de lectura y contarle que no era tan tonto como me pensaba.

Las cabras me dan alcance.

—Meee —bala Amapola, quejándose de que haya tanto barro y tanta nieve en el camino.

No les gusta mojarse las pezuñas.

—Cuando vengas, puedes dejar tu tesoro en la guarida, Rafi —me dice Shar—. En cambio a esa amiga tuya tan simpática, Maud, dile que siempre es bienvenida.

Se gira y entra en su casa.

En un momento dado de mi recorrido por la aldea, Tam se asoma a la puerta de la panadería de su padre.

—Buenos días, Rafi —me saluda.

—Buenos días —contesto, parándome.

—Perdona por lo de la otra vez —dice él, saliendo hasta su verja. El viento gélido le hace temblar un poco—. Lo de haber contado que tocabas el fuego con las manos, y lo que vi aquel día.

Noto que me he puesto tenso.

—No pasa nada —respondo.

—Sí que pasa. —Tam sacude la cabeza—. No debería haberlo dicho. De todos modos, estaba pensando... —Me mira, pero aparta enseguida la vista—. Estaba pensando —añade despacio— que sería útil.

Parece tan asustado que sería capaz de irse gritando en cuanto me viera mover un solo músculo, así que me quedo muy quieto.

—¿Útil? —repito.

—Sí, lo de no quemarse. Sobre todo para un panadero. Mi padre tiene quemaduras por todo el cuerpo. —Tam se arremanga y me enseña una herida medio cicatrizada en la muñeca—. Esta me la hice al rozar el horno del pan. Por eso estaba pensando que quizá me diera buena suerte tocarte. Para que no me queme.

Parpadeo de sorpresa.

—No creo que funcione —le digo.

—Bueno, por probar... —Tam abre la verja, atraviesa el camino y tiende la mano. Solo se estremece un poco cuando se la estrecho—. Qué sensación más rara —dice.

Diferente, extraña... Ya lo sé.

—Parece... —Arruga la nariz, pensativo—. Parece como cuando sale una hogaza del horno. Mientras se enfría, puedes tocar la corteza, pero por dentro aún está muy caliente y sale humo.

Me suelta la mano.

—Vaya, que soy como un pan... —digo yo.

Tam me sonríe con un solo lado de la boca.

—Bueno, más bien como un dragón, Rafi.

¿Y eso está bien? ¿Volvemos a ser amigos? ¿Es lo que me está diciendo?

—Nos vemos mañana en casa de Shar para el colegio —dice antes de entrar corriendo en la panadería para calentarse.

—Vale —digo yo, y sigo hasta la casa de mi padre.

Desde el camino ya oigo los zas, rrr y pum pum del telar de papá. Llego a la verja, y al abrirla se interrumpe el ruido.

Me da un poco de miedo pasar. Tengo tanto que contarle... Papá siempre ha tenido miedo del fuego y de los dragones, que es lo que soy yo. Si también me tiene miedo a mí, creo que no podré soportarlo.

Se oye el chirrido de la puerta de la casa, que se abre. Al otro lado está papá, apoyado en su muleta. Parece más delgado, como si en mi ausencia hubiera comido demasiado poco. Se le nota en la cara el dolor de la pierna quemada. Tarda bastante en hablar.

—Rafi —dice al fin.

Su voz se quiebra al pronunciar mi nombre.

Yo me quedo donde estoy, preparado para regresar corriendo a mi guarida de Peña Dragón.

Papá me mira. No sé qué está pensando.

—Hace tiempo —dice lentamente— que quería decirte algo.

Asiento.

—Hay una cosa que aún me da más miedo que el fuego —continúa.

Vuelvo a asentir. Me acuerdo de que no es la primera vez que lo oigo. Son las palabras que dijo cuando me marché de casa. Se me encoge el corazón.

—Los dragones —digo con tristeza, sabiendo lo solo que me sentiré sin él—. Te dan miedo los dragones.

—No —dice papá con firmeza—, eso no. Lo que temo más que nada en el mundo, Rafi, de lo que más miedo he tenido siempre, es de perderte.

Entonces abre los brazos, y solo tardo un segundo en cruzar el corral y llegar a la entrada de la casa, frente a él, y me envuelve en su abrazo, y estoy en casa, en mi hogar, adonde pertenezco.

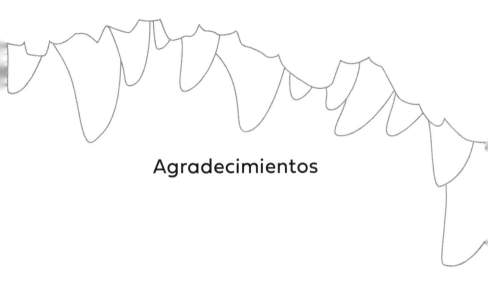

Agradecimientos

Gracias a:
Mis amigos del alma, Jenn Reese, Deb Coates y Greg van Eekhout.

Y mi querida Michelle Edwards.

El equipo de HarperCollins Children's Books, sobre todo Alyson Day.

Mi agente, Caitlin Blasdell, de la agencia Liza Dawson Associates.

Y todos los que son un poco dragones.

CPSIA information can be obtained
at www.ICGtesting.com
Printed in the USA
JSHW021928040523
41194JS00002B/21